KEY·可以文化

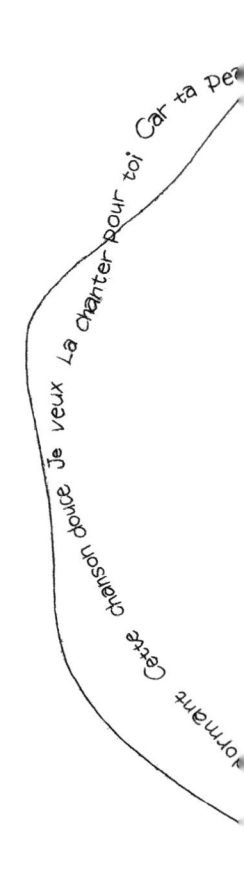

蕾拉·斯利玛尼 作品

温柔之歌
Chanson Douce

Leïla Slimani
[法] 蕾拉·斯利玛尼 著
袁筱一 译

浙江文艺出版社
Zhejiang Literature and Art Publishing House

CHANSON DOUCE by Leïla Slimani
Copyright © Éditions Gallimard, Paris, 2016
All rights reserved.
本书中文简体字版版权,浙江文艺出版社独家所有。
版权合同登记号:图字:11-2024-378 号

图书在版编目(CIP)数据

温柔之歌 /(法)蕾拉·斯利玛尼著;袁筱一译.
杭州 : 浙江文艺出版社,2025. 6 -- ISBN 978-7-5339-7861-7

Ⅰ. I565.45

中国国家版本馆 CIP 数据核字第 2024TQ6106 号

策划统筹	曹元勇
责任编辑	王希铭
营销编辑	耿德加 胡凤凡
责任印制	吴春娟
校　　对	李子涵
装帧设计	倪小易
数字编辑	姜梦冉 诸婧琦

温柔之歌

[法]蕾拉·斯利玛尼　著
袁筱一　译

出版发行	浙江文艺出版社
地　　址	杭州市环城北路 177 号
邮　　编	310003
电　　话	0571-85176953(总编办)
	0571-85152727(市场部)
印　　刷	上海盛通时代印刷有限公司
开　　本	889 毫米×1194 毫米 1/32
字　　数	125 千字
印　　张	7.625
插　　页	1
版　　次	2025 年 6 月第 1 版
印　　次	2025 年 6 月第 1 次印刷
书　　号	ISBN 978-7-5339-7861-7
定　　价	52.00 元

版权所有　侵权必究

献给爱弥儿

目录

温柔之歌   001

路易丝为什么要杀人
——译后记   221

温柔之歌 Chanson Douce

维泽丝小姐来自边界的那一边,她来到一位夫人家,替她照看孩子……夫人说维泽丝小姐一点用也没有,她不干净,也没有热情。她从来没有想过,维泽丝小姐也有自己的生活,也会因为自己的事情而烦恼,而且这些事情对于维泽丝小姐来说,才是这世界上最重要的事情。

——鲁德亚德·吉卜林《丛林之书》

"先生,您知道无处可去意味着什么吗?"马尔美拉多夫前一天晚上问他的这个问题突然又出现在他的脑海里,"因为每个人都必须要有个去处。"

——陀思妥耶夫斯基《罪与罚》

婴儿已经死了。只用了几秒钟的时间。医生说小家伙并没有承受太大的痛苦。人们将浮在一堆玩具中的脱臼的小身体塞进灰色的套子,拉上亮色的拉链。救援队队员到达的时候,小姑娘倒还活着。她应该挣扎过,如同一头困兽。房间里留下了挣扎的痕迹,柔软的指甲里残留有皮肤的碎屑。在送往医院的救护车上,她仍然处在激奋状态,不停抽搐。小姑娘双眼暴突,似乎在找寻空气。她的喉咙口全是血,肺部被刺穿,脑袋曾经遭到激烈的撞击,就撞在蓝色的衣柜上。

犯罪现场都拍了照片。警察提取完痕迹,测量了浴室和儿童房的面积。地上,公主图案的拼花地垫上浸透了鲜血。用来裹襁褓的台子侧倾在一边。玩具都被装进透明塑料袋里封好,甚至蓝色衣柜也将会成为呈堂证物。

孩子们的母亲受到很大刺激。救援队队员是这样说的,警察是这么说的,记者也是这么写的。进入房间,看见孩子们倒在地上,她发出一声低吼,如母狼一般深沉的吼声,连墙体都为之颤抖。五月的日子,夜幕沉沉地落了下来。她吐了,警察看到她的时候,她就在吐,她的衣服全部湿透,瘫倒在房间里,疯子一般,泣不成声。吼声撕心裂肺。在救护车的急救人员谨慎示意下,人们不顾她的反抗和拳打脚踢,将她拉起来。他们慢慢地抬起她的身体,急救中心的实习生给她服了一片镇静药。这是实习生第一个月的实习。

另一个女人也要救,出于同样的职业要求与客观公正。她不知道自己怎么去死。她只知道怎么送别人去死。她割了自己的两个手腕,喉咙口也插入一把刀子。她仍在昏迷,倒在婴儿床下。人们把她竖起来,给她测了脉搏和血压。然后他们把她放置在担架上,年轻的实习生用手支撑着她的颈部。

大楼下面,邻居们都围了过来,大部分是女性。这会儿正是接孩子放学的时候。她们望着救护车,眼里噙满泪水。她们在哭,想知道究竟发生了什么。她们踮起脚尖,试图弄清楚警戒线里,以及响起铃声准备启动的救护车里是怎么回事。她们窃窃私语,互通消息。各种说法早已传播开来。大伙都在说孩子们遭遇了不测。

这是第十区的高街上一幢很好的大楼。即便邻居们彼此并不熟识,见面也都会致以热情的问候。马塞一家住在六楼,是大楼里最小的户型。生了第二个孩子后,保罗和米莉亚姆在客厅中央拦了一面隔板。他们睡在厨房与临街窗户间狭小的房间里。米莉亚姆喜欢云纹的家具和柏柏尔毯。墙上,米莉亚姆挂了好几幅日本的浮世绘。

今天,她提前回家。她缩短了会议,把案宗分析推到明天。坐在七号线地铁的折叠凳上,她还在想,今天她会给孩子们一个惊喜。下了地铁后,她顺道去了面包店,买了长棍面包,还给孩子们买了甜点,给保姆买了个橘子蛋糕;保姆最喜欢的橘子蛋糕。

她想着要领孩子们去马术训练场。他们还可以一起去买东西准备晚饭。米拉也许会要一个玩具,亚当则会在手推车里吮着一大块面包。

亚当死了。米拉奄奄一息。

"不能是黑户,这一点我们是一致的吧？要是仅仅找个做家务的或者油漆工什么的无所谓。没有身份证件的人也该有工作,可来我们家是要看小孩的,那太危险了。我可不想找一个随时会出现问题,可能招来警察或者需要去医院的人。至于其他方面,不要太老,不要戴面纱的,不要抽烟的。最重要的是要灵活点,能专心带孩子。能干活的,这样我们就能干我们自己的事情。"保罗考虑得十分周全。他准备好一系列的问题,准备三十分钟面试一个。夫妻俩空出了一整个下午,想要给孩子们找个保姆。

就在几天前,米莉亚姆和朋友爱玛讨论找保姆的事情。爱玛好好抱怨了一顿照顾自己家两个小男孩的保姆："保姆自己也有两个孩子在这里,所以她到时间就走,晚一点都不行,遇到我们有事外出的时候,她也不能临时帮我们看顾。

这一点很麻烦。你面试的时候记得想到这一点。如果她有孩子的话，最好是留在自己老家的。"米莉亚姆对她的建议表示感谢。但实际上爱玛的话让她感到很是尴尬，如果哪个雇主用这样的方式谈论她或她的朋友，她肯定会斥责对方歧视。她觉得仅仅因为一个女人有孩子就排斥人家，这是非常可怕的想法。她不想和保罗谈起这个话题，因为她的丈夫和爱玛一样，一个实用主义者，将自己的家庭和事业置于一切之上。

这天早上，他们去了市场，一家四口。米拉坐在保罗的肩上，亚当在手推车里睡着。他们买了花儿，现在他们开始整理房子。在即将排队来面试的保姆面前，他们希望留下个好的印象。他们整理了扔在地板上、床底下的书和杂志。保罗要求米拉把玩具都收在塑料箱里。小姑娘哭哭啼啼不愿意，最后还是父亲把玩具靠墙堆好。夫妻俩折好了孩子的衣服，还换了床单。他们清扫，把该扔的扔掉，绝望地试图让这间令他们感到窒息的公寓通通气。他们希望保姆们看到，他们都是好人，生活认真，井然有序，希望把最好的东西给自己的孩子，希望保姆们能够明白自己真是老板。

米拉和亚当睡午觉。米莉亚姆和保罗坐在床边，有些恼火和尴尬。他们从来不曾将孩子交给别人过。米莉亚姆怀上米拉的时候，她才完成法律的学业。分娩前两个星期，她拿到了文凭。保罗到处去实习，一副乐天派的劲头。当时，米莉亚姆遇到他的时候，也正是被他这副劲头吸引。他觉得自己一个人工作就可以养活两个人。虽然音乐制作领域已经遭遇危机，预算也大大缩减，他还是很自信，觉得自己必然能开辟出一番事业。

米拉是一个脆弱的孩子，易怒，总是哭个不停。她长得很慢，既不吃母乳，也拒绝爸爸给她准备的奶瓶。弯腰站在米拉的婴儿床床头，米莉亚姆完全忘记了外面世界的存在。她所有的野心不过是让这个虚弱的、喜欢乱叫的小姑娘多吃几克奶。在不知不觉中，岁月流逝。她和保罗从未与米拉分离过。朋友们都在背后嘲笑他们，说酒吧或者饭店根本没有婴儿座，但他们总是装作什么都没听见的样子。米莉亚姆完全不接受自己外出时找人临时来看孩子的想法。她一个人便足以满足女儿的所有需求。

米莉亚姆再次怀孕的时候，米拉一岁半。她一直说这是个事故。"避孕药从来都不是百分百有效的。"她笑着对朋友们说。事实上怀孕是她预谋的结果。亚当是她不离开温馨家庭的一个借口。保罗也没有表达任何保留意见。他才被一家制作公司聘为助理，因为艺术家的任性和非常规的日程安排，几乎整日整夜都在公司里度过。他的妻子似乎在这份接近本能的妊娠中得到了充分的绽放。蚕茧般的生活让他们远离世界与他人，将他们保护得很好。

接下去日子开始显得无比漫长，家庭完美的机械运转卡住了。保罗的父母在米拉刚出生的时候还经常来帮他们一把，现在却长期待在自己乡间的房子里，因为房子正在进行重大翻修。在米莉亚姆分娩前一个月，他们去亚洲旅行三个星期，直到出发前最后一刻才通知保罗。保罗很生气，向米莉亚姆抱怨父母的自私和轻率。米莉亚姆倒是松了口气。她不习惯西尔维娅在他们的生活里插上一脚。她微笑着接受婆婆的建议，看到她在电冰箱里翻来翻去，批评他们购买的食物，也只好忍住不说。西尔维娅总是买有机的沙拉。她为米拉准备食物，但总是把厨房弄得一塌糊涂，乱七八糟。米莉亚姆和婆婆在所有问题上都不能达成一致，公寓里有一种不安的情绪在翻腾，似乎时刻处在一触即发的状态，马上就能打起来似的。"让你父母过自己的生活吧。他们现在还行动自由，的确应该享受一下。"米莉亚姆最终对保罗说道。

她还没有能够充分掂量到未来的生活意味着什么。有了两个孩子，一切都变得复杂起来：买东西、洗澡、看医生、做家务。账单越摞越高，米莉亚姆日渐暗淡。她开始讨厌去公园。冬天的日子似乎永远没有尽头。米拉的任性让她觉得难以忍受，甚至亚当的牙牙学语也让她无动于衷。每天，她就想自己单独走上一小会儿,像个疯子一般当街号叫。"他们要生吞了我。"有时她暗自思忖。

她嫉妒自己的丈夫。晚上,她焦躁不安地替他守门。她花上一个小时抱怨孩子们总是叫个不停,抱怨公寓太小,抱怨自己缺少娱乐。等她让他说的时候,听他说录制嘻哈音乐组合的场面如何激动人心,她就会禁不住恨恨地说:"你的运气真好。"而丈夫总是反驳说:"你的运气才好呢,我更愿意守在孩子们身边,看他们长大。"这一类的游戏中从来没有赢家。

夜里,保罗在她身边沉沉睡去,那是工作了一整天的人的睡眠,他应该好好休息。她则独自沉浸在酸涩与悔恨中。她想到自己为学业付出的努力,尽管没有钱,父母也不支持;她想到自己拿到律师证时的喜悦,想到自己第一次穿上律师袍的样子,保罗给她拍了照,就在他们的公寓楼门前,她的脸上写满了骄傲和快乐。

很长一段时间,她试图装出一副听天由命的样子。即便和保罗,她也不会讲起自己有多么羞愧。除了孩子们的种种古怪滑稽,或是在超市听来的陌生人之间的对话,她根本没什么好说的,她觉得自己差不多就是一具行尸走肉。她开始拒绝所有的晚餐邀请,也不听朋友的电话。尤其是女人,她很不相信她们,因为她们有时显得非常残忍。看到有人装出一副很欣赏她,尤其还很羡慕她的样子,她有时真恨不得掐死她们。她再也无法忍受,听她们抱怨自己的工作,说自己没什么时间见到孩子什么的。她最害怕的还是和陌生人在一起。他们会很无辜地问起她,她是做什么工作的,而在听她回答之后,就转而谈论起所谓的家庭生活了。

有一天,她去圣德尼大街上的莫诺普利超市买东西,发现自己把童袜落在了手推车里,她可不是故意要偷的。发现的时候她还没到家,原本可以回到超市把袜子还给他们,但是她没有这么做。她也没有把这件事情告诉保罗。没什么意思,可她禁不住总是要去想。在这个小插曲发生后不久,她时不时地去莫诺普利超市,在儿子的小推车里放上一支洗发水、一盒面霜或是一管口红什么的,其实她根本不用这些东西。她很清楚,倘若被捉住了,她只需要扮演好一个精疲力竭的母亲的角色,人们就会相信她的。这类无谓的偷窃让她感到激动。她一个人在街上放声大笑,仿佛这样就愚弄了全世界。

她把与帕斯卡的偶遇看作是某种暗示。帕斯卡是她法律系的同学,他差点没能认出她来:她穿着一条过于宽松的裤子,旧靴子,脏兮兮的头发绾了个发髻。她站在旋转木马旁,因为米拉不愿意下来。"最后再玩一次。"每次她都和女儿那么说,女儿骑在木马上,从她面前转过去,冲她做了个手势。她抬起眼睛:帕斯卡正冲着她微笑,双臂微张,似乎为了表达遇见的喜悦与惊讶。她也报之以微笑,双手紧紧抓住手推车。帕斯卡没什么时间,但比较运气的是,他的约会地点离米莉亚姆家只有两步路的距离。"正好我也该回去了。要不一起走吧?"米莉亚姆建议道。

米莉亚姆冲向米拉,米拉发出尖锐的叫声,赖着不愿意走,米莉亚姆将微笑坚持到底,一切尽在掌握之中的样子。她不停地去想自己大衣里面的旧毛衣,或许帕斯卡已经注意到毛衣磨损的领子。她抬起手,将了将两鬓,仿佛这样就能将枯萎、打结的头发整理好似的。帕斯卡似乎什么都没有意识到。他和她讲起自己和同届的两个同学一起开的事务所,以及让一切走上正常轨道所经历的困难和欢乐。她全神贯注地听他说。米拉没少打断她,为了让米拉能够闭嘴,米莉亚姆用尽一切办法。她一面盯着帕斯卡听他说,一面在口袋里、包里翻寻,为了找到一小块棒棒糖或是其他什么糖果,总之是任何能够买来女儿安静的东西。

帕斯卡几乎没怎么看她的孩子。他甚至没问他们叫什么。哪怕是在小推车里安静沉睡的亚当,尽管脸蛋看上去那么宁静、可爱,似乎也没有让他产生一丁点的柔情,让他感动。

"就是这里。"帕斯卡吻了吻她的面颊,他说,"很高兴再见到你。"然后他走进大楼,沉重的蓝色大门发出巨大的声响,让米莉亚姆吓了一跳。她开始默默祈祷。就在这里,在街头,她是那么绝望,她真想席地而坐,放声大哭。她想抱住帕斯卡的大腿,求他带她走,给她机会。回到家里,她完全崩溃了。她看了看正在安静玩耍的米拉,然后她给宝宝洗了个澡。她对自己说,这份所谓的幸福,简单的幸福,无声的,如同坐牢般的幸福,已经不再能够给自己以安慰。也许帕斯卡会嘲笑她。说不定他已经给以前的同学打了电话,和他们讲述米莉亚姆悲惨的生活,"简直不像样子",根本"没有人人都认为她应该拥有的事业"。

整整一夜,她一直沉浸在想象中的对话里。第二天,她才洗完澡,就听见了手机信息的提示音。"不知道你是否打算重回法律界。如果你有兴趣,我们可以谈谈。"米莉亚姆高兴得差点叫出声来。她开始在公寓里蹦来蹦去,亲吻米拉,米拉一直说:"怎么啦?妈妈。你为什么笑呢?"过了一会儿,她在想,是不是帕斯卡察觉到了她的绝望,或者事情很简单,他觉得意外遇见米莉亚姆·夏尔法是他的运气,因为米莉亚姆是他所见过的最认真的学生。如果能够聘用她这样的人,将她推上通向法庭的道路,应该是很值得庆幸的事情。

米莉亚姆和保罗谈起这件事,对于保罗的反应,她感到很失望。他只是耸耸肩:"可我不知道你想出去工作。"这让她感到极其愤怒,远远比她该有的反应还要大。对话的形势很快恶化。她指责他自私,他说她的行为过于冒失。"我也很愿意你出去工作,可是孩子们怎么办?"他冷笑道。突然间就将她的事业心化为笑谈,这让她更加觉得自己千真万确就只能被关在这间公寓里。

冷静下来,他们耐心研究了各种可能性。现在是一月末,根本就不能指望在幼儿园或托儿所拿到名额。他们在市政府里没有熟人。如果她重新开始工作,他们的收入将是最为不利的那个层次:在紧急情况不能求助于政府救济,因为收入超过了规定;而请个保姆又似乎捉襟见肘,这就让她在家庭上做出的牺牲变得不值。这也是他们的最后决定,保罗说:"如果把加班时间考虑在内,保姆和你大概挣得差不多。但是好吧,如果工作能够让你快乐……"这次交流给她留下了无穷的苦涩。她恨保罗。

她希望能把事情做好。保险起见,她去了社区才开的一家事务所。小小的办公室,简单的装修,两个三十岁左右的年轻女人站在里面。橱窗的正面放置着漆成蓝色的新生儿衣着用品箱,上面画着星星和金色的小单峰驼。米莉亚姆按下门铃。老板娘透过玻璃窗打量着她,随后慢腾腾地站起身,把头从门缝间探出来。

"有事吗？"

"您好！"

"您是来登记的吗？我们需要完整的档案。简历，还有您以前雇主的签名意见。"

"不，完全不是这样。我是为孩子来的，我想找个保姆。"

姑娘的脸瞬间就变了。能接待客户，她似乎很高兴，可因为刚才的轻慢又有些尴尬。但是她又怎么能想到呢？眼前这个看上去如此疲惫的女人，一头浓密卷曲的头发，竟然是那个在走廊上哭哭啼啼的漂亮小姑娘的母亲？

经理打开一个很大的目录，米莉亚姆探过身去。"请坐。"经理说。十几张女人的照片打米莉亚姆的眼皮底下一张张翻过去，大部分都是非洲或菲律宾的。米拉觉得很好玩："她真难看，那个，不是吗？"母亲推了女儿一下，心事沉沉地回到了模糊的，或是取景不太好的照片上，照片上的女人竟然全无笑容。

经理让她觉得倒胃口。她的虚伪，红彤彤的圆脸，脖子上那条旧围巾，还有刚才那显而易见的种族歧视，这一切都让米莉亚姆想逃。米莉亚姆和她握手告辞，答应说回家和丈夫商量一下，然后就再也没有踏进过这间事务所。相反，米莉亚姆自己在社区小店里贴了小广告。她还听取了一位朋友的建议,将标有"紧急"的小广告大量贴进各种网站。一个星期后,她收到了六个电话。

这个保姆,米莉亚姆是把她当成救世主来期待的,尽管一想到要把孩子交给别人,她就会感到恐惧。她了解孩子的一切,很愿意守护这些秘密,永远不与他人分享。她了解他们的兴趣、他们的癖好。他们两个当中的任何一个只要是病了或是不高兴,她立刻就能感受到。他们从来不曾离开过她的视线,她认为不会有人能像她一样,把他们保护得那么好。

自打他们生下来,她总是害怕,害怕一切。她尤其怕他们会死。她从来没有说起过,不管是和朋友还是和保罗,但是她可以肯定,所有人都和她一样有过类似的念头。她可以肯定,有的时候,看见自己的孩子睡着了,他们一定会有一念闪过,在想这是不是一具尸体,孩子的眼睛是不是永远闭上了。她对此无能为力。她的脑袋里总是会出现残忍的画面,她拼命摇头,祈祷着,想要驱赶掉这些不好的想法。她会摸木头,或是握一下从母亲那里传下来的法蒂玛之手[①];她能驱除厄运、疾病、事故,以及掠夺者对孩子错乱的觊觎。夜里,她梦到过他们突然消失在陌生的人群中。她大声叫喊:"我的孩子在哪里?"人们都在笑。他们觉得她是个疯子。

---

① 西亚及北非地区常见的掌形护身符,是先知之女法蒂玛的右手。——如无特殊说明,本书注释均为编者注

"她迟到了。这个开头可不好。"保罗有点不耐烦。他到门口，透过猫眼张望。现在是14点15分，第一个应聘者，一个菲律宾女佣，却一直没到。

14点20分，吉吉不紧不慢地叩响大门。米莉亚姆去给她开了门。她很快就注意到这女人的脚很小。尽管外面很冷，她却穿着布面的网球鞋、带花边的白色袜子。将近五十岁的年纪，却有双孩子般的小脚。吉吉颇为优雅，头发编成辫子，垂至腰间。保罗冷冷地说她迟到了，吉吉于是低下头，嘟囔着，不知道在找寻什么借口。她的法语表达很糟糕。保罗不太有信心地开始用英语面试。吉吉谈了她的经验，谈到她留在自己国家的孩子，最小的那个，她已经六年没见到过了。保罗不会聘用她的。他问了几个问题，只是为了装装样子，等到14点30分，他便起身送她到门口。"我们会再给您电话的。谢谢①。"

接着是格蕾丝，然后是一位微笑的，然而没有身份证件的科特迪瓦人。卡罗丽娜，肥胖的金发女人，头发脏兮兮的，面试的时间都是在抱怨自己背疼，还有静脉循环的问题。玛丽卡是个摩洛哥人，上了一定年纪，她强调自己已经有二十年从业经验，很喜欢孩子。米莉亚姆脑子很清楚。她不想雇一个北非的保姆看孩子。"这也挺好的，"保罗试着说服她，"她可以和孩子们讲阿拉伯语，因为你不愿意讲。"但是米莉亚姆坚决予以拒绝。她担心自己和保姆之间会有一种不成文的默契和亲密感，担心保姆会用阿拉伯语和她交谈。然后接下去，保姆就会用她们共同的语言和宗教的名义向她打听无数的事情。对于所谓的移民团结，她一向持怀疑态度。

接着路易丝到了。每每谈起第一次见面，米莉亚姆总喜欢说，根本没什么可犹豫的，就像是一见钟情。她尤其强调女儿见到路易丝时的表现："是女儿选择了她。"她喜欢进一步明确说：米拉才睡好午觉醒来，是弟弟的尖叫声把她从睡梦中拽了出来。保罗去照看小家伙，小姑娘跟着他，藏在他的双腿间。路易丝站起身来。米莉亚姆每每描述起这个场

---

① 原文为英语。

面时,都要对保姆表现出的镇定惊叹不已。路易丝小心地从父亲手中抱过亚当,故意装作没有看见米拉:"小公主在哪儿呢?我觉得我刚才见到过公主,可是她消失了。"米拉开始爆发出笑声,路易丝继续把游戏玩下去,在房屋的角落里、桌子底下、沙发后面寻找消失的公主。

他们问了她几个问题。路易丝说丈夫死了,女儿斯蒂芬妮现在已经长大了,"差不多二十岁了,真是难以置信",说她自己现在很清闲。她递给保罗一张纸,上面是她以前雇主的名字。她谈到了卢维埃一家,位于名单最上面:"我在他们家做了很长时间。他们家也有两个孩子,两个男孩。"保罗和米莉亚姆都被路易丝吸引了,她平整的轮廓、坦率的笑容,还有她的双唇,她说话时那么平静。她看上去非常沉着,目光中透露出她是一个什么都明白、什么都能原谅的女人。她的面庞仿若一片宁静的海水,任何人看到都不会怀疑海水下还有什么暗流。

这天晚上,他们拨打了路易丝留给他们的电话。一个女人接的电话,开始时有些冷淡。等听到路易丝的名字时,她立刻换了语调:"路易丝?你们碰巧能请到她,真是运气太好了。她简直就像是我两个儿子的第二个母亲。我们不得不和她分离的时候伤心极了。这么和您说吧,那会儿,我甚至想要再生第三个孩子,好留住她。"

路易丝打开公寓的百叶窗。现在刚刚过了凌晨五点,外面的路灯还亮着。街道上有个男人在走,擦着墙,想要尽量避开风雨。暴雨下了整整一夜。风在各种管道中,在她的梦里呼啸。大雨横扫,如鞭子一般抽打着大楼的墙面和窗户。路易丝喜欢看外面的风景。就在她家对面,有一座小小的房子,周围是个灌木丛生的小花园。今年夏初,一对年轻夫妻在这里安下家来,一看就是巴黎人。星期天,孩子们荡秋千,清理菜园。路易丝在想,他们搬到这个社区来干什么呢?

因为缺觉,她浑身哆嗦。她用指甲尖剐蹭着窗户一角。她近乎疯狂地擦拭窗户,一个星期两次,可仍然是徒劳,玻璃在她看来总是那么灰蒙蒙的,覆满灰尘和黑色长痕。有时,她简直想要把玻璃擦破。她用力擦,越来越用力,用食指尖擦,指甲都破了。她把手指送进嘴里咬住止血。

公寓只有一间房,既是路易丝的卧室也是她的客厅。每天早晨,她小心翼翼地合上沙发床,罩上黑色的沙发罩。她在矮桌上吃饭,电视一直开着。贴墙放着的硬纸箱仍然没有打开。也许纸箱里有能够给予这间没有灵魂的公寓些许生机的物件。沙发的右手边,有一帧红发少女的照片,放在一个亮闪闪的相框里。

她很小心地把她的长裙和衬衫铺在沙发上,抓起放在地上的轻便女鞋。鞋子是十年前买的,当时的款式,可是她穿得很小心,所以现在看起来还很新。是那种亮皮女鞋,款式很简单,方跟,前方缀有一个小小的蝴蝶结。她坐下来,开始清理其中的一只,将一小块化妆棉浸在卸妆油里。她的手势轻缓、准确。她带着一种狂躁的小心擦鞋,完全沉浸在自己的使命中。化妆棉很快脏了。路易丝将鞋子凑近独脚小圆桌上的台灯,待到皮面在她看来足够亮了,她才放下鞋子,拿起另一只。

现在实在太早,因而她还有时间修理一下因为家务而损坏的指甲。她为食指包上创可贴,然后很小心地给其他指甲刷上玫瑰色的指甲油。尽管很贵,她生平第一次去理发店染了发。她在脑后盘了发髻,化好妆,蓝色的眼影让她有点显老,因为她的身形是那么柔弱,那么瘦小,打远处看像是个二十来岁的姑娘,而实际上她已经是两倍于二十岁的年龄了。

她在房间里转了个圈,这间房从来没有显得那么小,那么窄。她坐下,然后几乎马上就重新站了起来。她可以打开电视,喝杯茶,看一会儿她放在床边的过期的女性杂志。但是她害怕自己会放松下来,听凭时光溜走,然后陷入昏昏欲睡的状态。太早醒来,这让她变得脆弱,变得容易受伤。只要随便一点什么借口让她闭上一分钟的眼睛,她就立刻会睡过去,就会迟到。她必须保持清醒,必须成功地将所有精力都集中在第一个工作日上。

她不能再在自己家中等待下去。还不到六点,她提前了太多,但她还是疾步走向快速火车的车站。她用了十五六分钟的时间抵达圣莫德弗塞火车站。在车厢里,她坐在一个上了年纪的中国人对面,对方蜷作一团昏睡,前额抵在车窗玻璃上。她凝望着他那张精疲力竭的脸。车每到一站,她都在犹豫要不要叫醒他。她很担心他会迷路,坐过了站,怕他一个人在终点站醒来,怕他不得不原路折返。但是她什么都没有说。不和人攀谈是理智的行为。有一次,一个年轻的棕发姑娘,很漂亮的,差点给她一记耳光。"你为什么盯着我?嗯?我有什么好看的!"她吼道。

到了奥贝尔,路易丝跳上站台。这时人开始多了起来,就在她爬上通往地铁站的楼梯时,有个女人撞了她一下。羊角面包和热巧克力的味道令她的喉头一阵发紧。她在歌剧院站转上七号线，往布瓦索尼埃方向。

路易丝早到了将近一个小时，她在天堂咖啡馆的露天座位坐了下来。咖啡馆没什么好的，但是可以看见进出大楼的人。她把玩着小咖啡勺，羡慕地望着坐在右手边的那个男人，他在吸烟，烟在丑陋的厚嘴唇间吞吞吐吐。她真想抓过他的手，长长地吸上一口。她再也坚持不下去了，付了咖啡钱，走进了安静的大楼。等一刻钟再按门铃，这会儿她就坐在两层楼之间的台阶上。她听见一阵响动，几乎还没有时间站起身来，就看见保罗跳着下了楼梯。他的胳膊下夹着自行车，脑袋上戴着一顶红色的头盔。

"路易丝？您早就到了吗？为什么不进门呢？"

"我不想打搅你们。"

"您没有打搅我们，正相反。来，这是给您的钥匙，"他从口袋里拿出一串钥匙说，"来吧，别客气。"

"我家的保姆是个仙女。"每当米莉亚姆和别人说起路易丝怎么突然进入他们的日常生活时,她总是那么说。只有凭借她的魔力,才能够把这间令人窒息的、窄小的公寓整理得那么安宁、明亮。路易丝将墙往里推了。她让橱柜变得更深了,抽屉变得更宽了。她让阳光透进了公寓。

第一天,米莉亚姆还交代了她几句。她告诉路易丝电器该怎么使用。她指着某些东西或是一件衣服重复道:"这个要小心,我很在意的。"她就保罗收藏的黑胶唱片给出建议,那些孩子们是不能碰的。路易丝一一应承下来,沉默而温顺。她沉着地观察着每一样东西,就像个将军,在视察自己征服的领地。

在接下来的几个星期里,路易丝将这个混乱的公寓变成了完美的资产阶级住宅。她强制推广自己的那一套,追求完美。米莉亚姆和保罗也不再坚持。她把他们外套上的纽扣一一缝好,而以前,扣子掉了好几个月,由于他们懒得把针找出来,所以往往弃之不顾。她重新缝好了裙边和裤边。她还织补了米拉的衣服,本来米莉亚姆想都不想就打算扔掉的。路易丝洗了被香烟和灰尘熏得发黄的窗帘。她一个星期换一次床单。保罗和米莉亚姆满心欢喜。保罗笑着说,路易丝就是仙女玛丽·波平斯①。他也不确定,她是否听懂了他的恭维。

晚上,睡在干净的床单上,夫妻俩笑得很开心,简直怀疑这份新生活是不是属于他们。他们感觉自己受到上帝的祝福,找到了稀世珍宝。当然,相对于家庭收入来说,路易丝的工资是笔不菲的支出,但保罗却不再抱怨。几个星期的时间,路易丝的存在已经是不可或缺的了。

晚上,米莉亚姆回到家,晚饭已经准备好。孩子们穿戴齐整,安安静静。以前,米莉亚姆羞于做的那种理想家庭的幻梦,路易丝却真的将它变为现实。她教会米拉随手整理自己的东西。在父母惊愕的目光下,小姑娘竟然把自己的外套挂在衣钩上。

---

① 1964 年的电影《欢乐满人间》的主人公。该片根据小说改编,讲述了化身保姆的仙女玛丽来到人间,帮助两个孩子重获家庭幸福的故事。

没有用的东西都消失殆尽。有了路易丝,再也不会有堆起来的东西,碗碟,脏衣服,或是忘了打开、夹在旧杂志里的信件。不再会有东西发霉腐烂,不再会有过期的东西。路易丝没有一丁点的疏忽。她非常细致。她把一切都记在一本花皮面的小本上:舞蹈课、放学、看牙医的时间。她把孩子们吃的药品记下来。在旋转木马那里买的冰激凌的价格,还有米拉老师的话,她也一字不漏地记了下来。

几个星期之后,她开始毫不犹豫地更换房间里的东西。她彻底清空了壁橱,在大衣间塞上薰衣草香袋。她在家里放上花。每次,亚当睡着、米拉去了学校的时候,她坐下来欣赏自己的工作成果,就能感觉到一种安宁的满足。安静的公寓尽在她的掌握之中,就好像一个在请求宽恕的敌人。

然而最神奇的改变还是在厨房里完成的。米莉亚姆承认自己什么也不会做,而且她也没有兴趣。保姆准备的菜,保罗觉得棒极了,孩子们也都狼吞虎咽,话都来不及说,根本不需要命令他们吃完盘子里的食物。米莉亚姆和保罗重新开始邀请朋友们来家里聚餐,共享路易丝精心烹制的白汁牛肉、火锅、鼠尾草牛小腿肉和脆生生的蔬菜。朋友们都恭喜米莉亚姆,对她大加赞赏,但她总是坦然承认说:"这一切都是我家保姆做的。"

送米拉上学后,路易丝喜欢用背带把亚当绑在自己身上。她喜欢孩子那胖乎乎的小屁股蹭着她肚子的感觉,喜欢孩子睡着的时候流到她脖子上的口水。她成天哼唱歌谣,哄着小宝贝,把他养得懒洋洋的。她为他按摩,很为孩子身上一嘟噜一嘟噜的肉、玫瑰色的胖脸蛋而感到骄傲。早上,小宝贝咿咿呀呀地欢迎她的到来,胖嘟嘟的小胳膊抱着她。路易丝来后的几个星期,亚当开始学走路。这个以前在夜晚总爱大哭大闹的小孩子现在可以一觉沉沉睡到早上。

　　米拉更难相处。这个小姑娘举止态度如同芭蕾舞演员一般。路易丝将她的发髻梳得很紧,使得她双眼细长,眼梢微吊,就好像中世纪传奇中的女主人公,宽宽的额头,神情高贵、冷峻。米拉是个难缠的、让人精疲力竭的孩子。对于所有的不高兴,她都用号叫来表达。她随时能躺倒在大街上,又踢又蹬，在地上赖着，这样就可以让路易丝感到难堪。等到保姆精疲力竭，试图和她沟通的时候，米拉就看着别的地方。她高声数着画纸上的蝴蝶。她一边哭一边从镜中打量自己。这是一个极度迷恋自己倒影的小孩。在街上，她的目光总是在玻璃橱窗上流连。有好几次，就是因为欣赏自己，她撞在柱子上，或是被人行道上的某些小东西绊倒。

米拉很恶毒。她知道人群对她来说是一种保护，知道在大街上路易丝会不好意思。有人的时候保姆会比较快让步。路易丝需要尽量避开大街上的玩具店，因为小姑娘总是会在店门前发出尖锐的叫声。在去学校的路上，米拉拖拖拉拉不愿走。她从蔬菜摊上偷一颗覆盆子，蹿到橱窗的木头窗台上，躲在大楼的门廊下，然后撒腿开溜。路易丝推着手推车在后面追，叫喊着小姑娘的名字，可是小姑娘一直要跑到人行道尽头才肯停下来。有时，米拉会后悔。看到路易丝苍白的面容，还有她的担心，她觉得都怪自己。她会重新变得可爱、温柔，请求原谅。她抱着保姆的腿，哭着，请求保姆对她好一些。

渐渐地，路易丝也驯服了小姑娘。她讲故事，日复一日，故事里都是同一类事物。孤儿，迷路的小姑娘，被囚禁的公主，吃人妖魔丢弃的城堡。路易丝的风景里都是非常奇怪的动物：尖嘴的鸟儿、独腿熊、忧郁的独角兽，等等。这时小姑娘便安静下来。她躲在路易丝身边，专心而又焦虑。她在等故事里的人物回来。这些故事都是从哪里来的呢？都是路易丝心底里的故事，绵绵不断；她从来不用思索，也根本不需要回忆甚至想象，这些故事就这么来了。但是，这些残忍的故事——好人在拯救了世界之后最终都会死去——她究竟是在哪片黑暗的湖里或是哪片茫茫的森林里钓上来的呢？

每次,听到律师事务所的门开了,米莉亚姆都有点失望。九点半左右,她的同事们陆续到达。泡咖啡,此起彼伏的电话声,地板发出的吱嘎的响声,原有的宁静就这样被打破了。

米莉亚姆八点钟前就到办公室了。她一向第一个到。她总是只打开自己办公桌上那盏小小的台灯。在这一小圈光晕下,在这洞穴般的静谧里,她又重新找回做学生那些年时才有的全神贯注。她忘掉了一切,兴致勃勃地翻阅卷宗。有时走在黑暗的走廊上,手里拿着资料,她会一个人自言自语。她来到阳台上,一边喝咖啡一边抽烟。

米莉亚姆重新开始上班的那天,天刚刚亮她就醒了,如同孩子般激动不已。她穿上新裙子、高跟鞋,保姆路易丝感叹道:"您真美。"路易丝把亚当抱在怀里,在女主人即将跨出大门的那一刻推了她一下。"您别担心,"路易丝又一次说道,"家里会一切都好。"

帕斯卡热情欢迎米莉亚姆的到来。他给她安排的办公室和他的办公室只有一墙之隔,中间有一道门,这门也的确经常开着。仅仅在她到来的两三个星期后,帕斯卡就把一些此前同事绝对不能染指的重要任务交给了她。若干个月之后,米莉亚姆独自一人负责十多个客户。帕斯卡鼓励她多锻炼,早日成为熟手,让她充分展现出自己的工作能力,他知道她有这份能力。她从来不拒绝。对于帕斯卡给她的卷宗,她全盘接受,从来不会抱怨工作得晚。帕斯卡经常对她说:"你完美无缺。"很多个月里,那些小案子几乎压垮了她。她为可怜的毒品贩子,为智障,为裸露癖,为无能的持械抢劫犯,为醉酒驾驶的人辩护。她处理的案子几乎都是过度举债、信用卡诈骗或者身份窃取一类的。

帕斯卡相信她能够找到新客户,他鼓励她在司法援助上多投入些。她每星期去两次波比尼法庭,在走廊上等待,直到夜里九点,眼睛盯着手表,时间仿佛凝固了一般。有时她也会发火,生硬地回答她那些不知所措的客户。但是她尽一切所能,得到了她所能得到的一切。帕斯卡经常对她说:"你必须熟记案宗。"她确实尽了力,她经常读诉讼笔录到深更半夜。她带有一种疯子般的狂热工作,最终这一切都有了回报。旧客户把她推荐给朋友。她的名声在犯人间流传开来。

她让一个年轻男人最终避免了看来已经是板上钉钉的牢狱之灾,年轻男子承诺会报答她:"是你把我救出来的,我不会忘记这点。"

有一天,已经是大半夜了,她被叫出去,有人进了看守所。她的一个客户因为家庭暴力被捕。可他此前和她发过誓,说他根本不可能打女人。她在黑暗中起身穿衣,凌晨两点,轻手轻脚地,她向保罗侧过身,和他吻别。他嘟囔着转过身去。

丈夫经常说她工作太卖力了,听到这话,她颇为恼火。对她的反应,保罗也感到不快,夸张地说是为她好。他假装担忧她的身体,担心帕斯卡对她过度剥削。她试着不去想自己的孩子,不让自己陷入罪恶感中。有时她甚至觉得大家都结成同盟和她作对。婆婆试图说服她:"米拉生病就是因为她觉得太孤独了。"她的同事从来不曾在下班后提议和她一起去喝一杯。看到她夜里还待在办公室,他们都觉得很惊讶:"可你不是有孩子的吗?你。"直到有一天,米拉的老师把她喊了去,谈到米拉和班里一个女同学间发生的一件小事。米莉亚姆说自己感到很抱歉,前几次家长会她都没能来,让路易丝代为出席,灰头发的老师做了一个大大的手势:"要知道,这就是世纪病!所有可怜的孩子都只能自己顾自己,而父母则沉浸在相同的野心中。很简单,父母每时每刻都在奔忙。您知道父母对孩子说得最多的一句话是什么吗？'快点！'当然了，是我们在承受一切。我们要为他们的恐惧和他们的被弃付出代价。"

米莉亚姆真想让她打哪儿来回哪儿去，但是她做不到。也许是因为这个小椅子，她坐得很不舒服的小椅子？这间散发着油漆和橡皮泥味道的教室？因为这里的背景？老师的声音把她带回童年，必须服从和备受约束的年龄。米莉亚姆微微一笑。她机械地谢过老师，保证米拉会进步的。她竭力忍住才没有把这个老女人对女人的蔑视和道德训诫扔回她脸上。她太害怕这个灰头发的女人会把仇恨报复到她孩子身上。

帕斯卡似乎能够理解她内心的狂热，她对于认同以及挑战自我极限的渴求。帕斯卡与她仿佛投入了一种模糊的战斗。他推她，她和他对抗。他让她精疲力竭，她竭力不让他失望。有一天，他请她下班后去喝一杯："你来我们这里已经半年了，应该庆贺一下，不是吗？"他们在街上静静地走着。他为她打开酒吧的门，她报之以微笑。两个人在酒吧里面坐下，坐在铺了垫子的凳子上。帕斯卡要了一瓶白葡萄酒。他们谈起手上的一桩案子，然后很快，他们就开始追忆起大学时光：他们的朋友夏洛特在十八区的饭店里举行的盛大聚会，可怜的塞丽娜在口试那天非常可笑的心理危机。米莉亚姆喝得很快，帕斯卡让她笑个不停。她不想回家。她真希望自己的行踪不需要知会任何人，真希望没有人等她。但还有保罗，还有孩子。

淡淡的情欲，有点烧心，她的喉咙口、胸口都有了感觉。她伸出舌头舔舔嘴唇，她想要点什么。很长时间以来第一次，她感受到一种没有什么目的的、无关紧要的、自私的欲望。一种完全属于自己的欲望。她爱保罗，可是又怎么样呢？丈夫的身体似乎承载了太多记忆。他进入她的时候，进入的是一个母亲的肚子，她沉重的肚子，保罗的精液经常在里面逗留。她的肚子上都是褶子，撑出了空间，盛开着那么多忧虑与欢乐。保罗为她按摩肿胀发紫的腿。他看见血在床单上漫延开来。她蹲下呕吐的时候，保罗拢住她的头发，扶住她的前额。他听见她在号叫。他擦拭着她因为用力憋得通红的脸。他从她的身体里取出他们的孩子。

她一直不愿意去想，孩子有可能成为她获得成功和自由的阻碍。就像是锚，那种死命往里拽，把溺水者往泥浆里拖的锚。开始的时候，这种念头让她陷入一种深深的悲伤。她觉得这不公平，太令人沮丧。她意识到，她不可能继续这样活下去，否则她一定会有不完整的，把事情弄得一团糟的感觉，她会觉得自己为了别人牺牲了生活的另一面。她曾经把这一切当作悲剧来演,拒绝放弃理想母亲的梦想。她坚持一切皆有可能,觉得她可以完成一切目标,觉得她既不会变得尖刻,也不会精疲力竭,觉得她不会扮演殉道者的角色,也无须扮演勇敢的母亲。

每天,几乎是每天,她都会收到来自朋友爱玛的信息提醒。她把两个金发孩子的照片贴在社交网站上,贴成八爪鱼的造型。在公园里玩耍的、完美的孩子。爱玛的两个孩子进了一所学校,据说这所学校能够让孩子们的天赋——她已经猜到他们身上具有这种或者那种天赋——得到充分发展。她给孩子们起了很难读的名字,据说是北欧神话里的名字,她很热衷于解释名字的含义。照片上的爱玛也很美丽。她的丈夫却从来不曾出现在照片上,他的任务永远是拍摄理想家庭的照片,而他正是理想场面的观众。不过他也会努力进入镜头。他,留着络腮胡,穿着天然羊毛的羊毛衫,在工作的时候他总是穿着又紧又不舒服的裤子。

米莉亚姆不敢告诉爱玛,有时,在一旁看着路易丝和自己的孩子,会有一个不算残忍,但却令她羞愧的念头在心里一闪而过。她觉得,人们只有在不彼此需要的时候才会是幸福的。只过自己的生活,完全属于自己的,和别人无关的生活,在我们自由的时候。

米莉亚姆往门口走去，透过窥视孔向外张望。每隔五分钟，她就重复一遍："他们迟到了。"米拉看到妈妈这样，愈发紧张了。她穿着可怕的塔夫绸裙，坐在沙发边，双眼含泪："你是不是觉得他们不会来了？"

"他们当然会来，"路易丝回答道，"再过一会儿，他们都会来的。"

米拉生日会的筹备已经超过了米莉亚姆所能够承受的范围。两个星期以来，路易丝就只有这一个话题。晚上，米莉亚姆工作结束精疲力竭地回到家里，路易丝把自己制作的花环拿给她看。她还用一种带着神经质的声音和米莉亚姆说起在一家小店里看到的塔夫绸裙，说她敢肯定，米拉穿上它一定美疯了。好几次，米莉亚姆都是强忍住才没有粗暴地打发她走。这类可笑的事情让她精疲力竭。米拉还这么小！

她不觉得这类事情对米拉有什么好处。但是路易丝眼睛瞪得圆圆的,望着她。米拉幸福得要命,她见证着这一切。这是最重要的,这个小公主的快乐,即将来临的生日的幸福经验。米莉亚姆把挖苦的话都咽了下去。她觉得自己这样不太好,便最终答应,一定尽自己所能参与生日会。

路易丝决定在某个星期三的下午为米拉庆祝生日。她要确认孩子们都在巴黎,他们都答应出席。米莉亚姆早上去了办公室,她发誓午饭后就回。

中午过后回到家中,米莉亚姆险些叫出声来,她差点没认出这是自己的家。客厅完全变了样,到处都是闪亮的金银片、气球、彩纸花环。不过最大的改变是沙发全都掀了起来,这样孩子们就有地方玩耍了。甚至那么重的榉木桌,自从进家后连位置都没有挪动过,现在也被移到了房间的另一头。

"是谁把这些家具移开的?保罗帮你移的吗?"

"不,"路易丝回答道,"我一个人做的。"

米莉亚姆简直难以置信,她真想放声大笑。她一边望着保姆纤细的、好似火柴棍般的胳膊,一边想,这肯定是在开玩笑。接着她回想起她已经见识过路易丝那令人惊讶的力量。记得有一两回,她看见路易丝一手抱着亚当,一手抓着笨重的包裹。就在这看似柔弱、细小的身体中蕴藏着巨人的生命力。

一上午，路易丝都在吹气球，然后挽成各种各样动物的形状，贴得到处都是，从大厅一直到厨房走廊。她自己做的生日点心，一个巨大的苹果酱点心，上面堆满了装饰性的红色水果。

米莉亚姆有点后悔奉献出了自己的下午。如果待在安静的办公室该有多好。女儿的生日会让她感到惶恐。她害怕和孩子们在一起，看见他们无聊的、不耐烦的样子。她既不想给争吵的孩子们拉架，也懒得安慰父母迟迟没来接的孩子。关于自己童年的冰冷记忆又浮现在眼前。她仿佛看见自己坐在白色的厚羊毛毯上，旁边一群小姑娘都在玩扮家家做晚饭的游戏，就她一个孤零零地待着。她拿了一块巧克力，看着它在毯上融化，渗进羊毛里，接着她想隐藏自己干的坏事，可一切变得愈发糟糕起来。主人家的母亲当着所有人的面，大声斥骂她。

米莉亚姆躲进卧室，关上门，假装全神贯注地阅读邮件。她知道，和往常一样，她可以完全信赖路易丝。门铃开始响起来。客厅里充斥着孩子们的声音。路易丝开了音乐。米莉亚姆悄悄走出卧室，观察围在保姆身边的小朋友。他们在路易丝周围围成一圈，完全被迷住了。路易丝准备了歌曲和各种戏法。她在他们好奇的眼神中装扮成各种模样，而孩子们可不是那么容易哄骗的，他们很清楚她就是那个家人。她就在那里,充满活力,快乐,喜欢逗弄人。她唱起歌谣,学鸟儿啼鸣。她甚至当着小淘气的面,把米拉和她的一个同学一起背在肩上,孩子们笑得眼泪都出来了,纷纷要求加入这个混乱的场面。

在路易丝身上，米莉亚姆尤其欣赏的就是这种把玩儿当真的本事。她玩儿得很起劲，只有孩子才能这样无所顾忌地玩。有天晚上，回到家里的时候，她看见路易丝躺在地上，脸上涂抹着乱七八糟的颜色。她的脸颊和前额上画了一道道黑色的线，看样子是装扮成战士。她用硬纸板做了个印第安人头饰。在客厅中央，她用床单、一把扫帚和一把椅子支起了一个歪歪斜斜的印第安圆锥帐篷。站在门口，米莉亚姆有点蒙。看见路易丝扭动身体，发出野人的叫声，她感到实在是尴尬。保姆像是醉了。至少这是米莉亚姆的第一反应。看到米莉亚姆，路易丝站起身来，脸颊红红的，脚步踉跄。"我脚有点发麻。"她抱歉地说。亚当抓着她的小腿，路易丝还在笑，笑容显示出她仍然沉浸在游戏所营造的想象国度。

　　米莉亚姆安慰自己说，也许路易丝自己还是个孩子。她总是把和米拉之间的游戏当成真的来对待。例如她们有时玩警察和小偷的游戏，路易丝会待在想象中的监牢里。有时，她扮警察，追着米拉跑。每次，她都会绘制一张精确的地图，要求米拉记清楚。她还制作戏服，剧本起伏跌宕。她非常精心地准备布景。有时孩子倦了，她就请求道："来吧，我们重新开始！"

米莉亚姆不知道，路易丝最喜欢的，还是玩躲猫猫。只是躲猫猫没什么规则可言，而且没有人能起到决定性作用。躲猫猫的游戏建立在惊喜的原则上。没有吱一声儿，路易丝就消失了。她通常会选择那些躲起来依旧可以继续观察到孩子们的地方。她滑到床底下，或者躲在门后，一动不动，屏住呼吸。

米拉于是明白，游戏开始了。她像疯子一般地叫着，拍着手。亚当跟在她后面。亚当拼命笑，以至于他经常站不住，总是仰面跌倒。他们叫着路易丝的名字，但是路易丝不回答。"路易丝？你在哪里？""路易丝，你可得小心了，我们来了，我们马上就能找到你。"

路易丝什么话也不说。她一直待在藏身之所不出来，哪怕他们叫，哭，绝望。她蜷缩在阴暗的角落，暗自观察亚当的惶恐，他已经精疲力竭，因为哭泣而摇摇晃晃。他还什么都不明白。他叫着"路易丝"，名字的最后一个音节被吞咽了下去，鼻涕流在嘴唇上，双颊因为苦恼而涨得通红。米拉最终也感到了害怕。有一会儿，她真的相信路易丝走了，她把他们扔在这间公寓里，夜幕就要来临，他们会孤零零的，她再也不会回来了。这份惶恐简直难以忍受，米拉于是开始求保姆出来。她说："路易丝，这一点也不好玩。你在哪里？"米拉变得神经质起来，她跺着脚。路易丝还在等。她望着他们，就像在研究刚刚钓上来、鳃孔里全是血、浑身抽搐的鱼奄奄一息的样子。鱼在船的甲板上抽动，精疲力竭的鱼唇在找寻着空气。一条永远也没有办法脱离困境的鱼。

接着米拉明白过来，她发现了路易丝的藏身之所，她明白过来，只需要打开门，拉开窗帘，低下头往床垫里看。但是路易丝身形太小，她总能找到新的藏身之所。她钻进装脏衣服的篮子里，钻到保罗的办公桌下，或者躲进壁橱，把被罩披在身上。她有一次甚至藏进了阴暗的卫生间里淋浴室的一角，米拉于是没能找到。她哭哭啼啼的，而路易丝兀自一动不动。孩子的绝望并不能使她让步。

有一天，米拉不再叫喊。路易丝落进了她自己铺设的陷阱里。米拉不吭声，在路易丝藏身之所周围转着圈，装作没有发现保姆的样子。她坐在洗衣篮上，路易丝感到自己快窒息了。"我们讲和吧？"小姑娘咕哝道。

但是路易丝不愿意放弃，她静静地待着，下巴磕在膝盖上。小姑娘的脚轻轻踢着柳条篮。"路易丝,我知道你在里面。"她笑着说。突然,路易丝站起身来,把米拉吓了一跳,她顿时被掀翻在地。她的头撞到淋浴室的方砖上。小姑娘被撞得头昏脑涨,哭了起来,接着,望着得意扬扬、突然苏醒的路易丝,自上往下以胜利者姿态望着她的路易丝,小姑娘的恐惧突然间转变成为歇斯底里的欢乐。亚当跑进浴室,他也加入了两个姑娘的快步舞曲中,她们早已沉醉其中,爆发出咯咯的笑声。

斯蒂芬妮

八岁，斯蒂芬妮就会换尿布，备奶瓶。她手势准确，每当要她将孩子从摇篮里扶起来时，她的手能够垫在婴儿脆弱的脊柱下，没有一丝颤抖。她知道必须让孩子们仰面睡，知道不能摇动他们。她给他们洗澡，一只手坚定地抓住孩子的肩。婴儿的叫声，哇哇啼哭声，他们的笑声和哭声充斥着她作为独生女的童年记忆。看到她对小鬼头们如此充满爱意，大家都感到很高兴，觉得她充满了母性，具有这么小的孩子罕见的献身精神。

斯蒂芬妮还是小孩子的时候，她的母亲路易丝在家里看护孩子。或者，更准确地说，是在雅克家里，后者总是不断提醒母女俩，她们是在他家。早上，母亲们把孩子送到家里。斯蒂芬妮还能记起这些女人，匆忙，忧伤，总是将耳朵贴在门上。路易丝教会她识别房子走廊里响起的这些女人焦虑的脚步声。有些女性在产后不久就重新开始工作,她们把小婴儿放入路易丝的怀中。她们还把用遮光袋装着的奶交给路易丝,那是她们在晚间挤好的,路易丝随后把奶放进冰箱。斯蒂芬妮还能回忆起架子上放着的小瓶子,瓶子上都写好了孩子们的名字。有天夜里,斯蒂芬妮起床,打开了署名于勒的小瓶。于勒是一个脸红红的小婴儿,他尖利的指甲还抓破过斯蒂芬妮的脸颊。她吸了一口奶瓶。她永远不能够忘记这股类似变质甜瓜的味道,一连好几天,酸酸的味道一直停留在她的嘴巴里,挥之不去。

星期六晚上,她有时会陪妈妈去帮人家看小孩,那些人家的房子在她看来太大了。漂亮的、看上去很有权势的女人打走廊上过,在孩子们的脸颊上留下口红印。男人们不喜欢在客厅里等得太久,路易丝和斯蒂芬妮的存在让他们感到很不自在。他们愚蠢地微笑着,跺着脚。他们催促妻子,接着帮她们穿上大衣。走之前,女人总是蹲下身,一边努力维持着高跟鞋上的平衡,一边擦拭儿子脸上的泪水:"别哭,我的宝贝。路易丝马上就会给你讲个故事,哄你睡觉。是不是?路易丝。"路易丝表示默许。路易丝努力抱好挣扎个不停、哭着喊着要妈妈的孩子。有时,斯蒂芬妮非常恨他们。她厌恶他们捶打路易丝的方式,还有他们如同小暴君般对路易丝颐指气使的样子。

路易丝哄小孩睡觉的时候,斯蒂芬妮就去翻抽屉,翻小圆桌上的盒子。她把相簿从茶几下面拖出来。路易丝清洁一切。她洗碗,用海绵擦拭厨房的操作台。她把夫人们临出门前试来试去扔下的衣物折好。"你不用洗碗的,"斯蒂芬妮总是对她说,"来陪我坐一会儿。"但是路易丝喜欢这样。她喜欢看到孩子的父母亲回来后狂喜的面容,觉得自己虽然是找人来看孩子的,却又附带找了个免费的帮佣。

路易丝在卢维埃家工作了好几年,他们带她们去过自己乡间的度假别墅。路易丝工作,而斯蒂芬妮正好在放假。但是斯蒂芬妮和主人家的孩子不同,她可不是去那里晒太阳、吃水果的,不是去那里过不那么循规蹈矩的日子——晚上睡得很晚,有时间就出去骑车玩儿。如果说她也在那里,那只是因为没有人知道该拿她怎么办。她母亲要求她举止谨慎,玩儿的时候别出声,别让人觉得她也是在享受。"虽然他们说,我们也可以当这是在度假,但是如果你玩得太高兴,他们会感觉不太好。"饭桌上,她挨着母亲坐,远离主人一家和客人们。她记得人们都在说,说个不停。她母亲和她垂下眼帘,静静地盯着自己面前的餐盘。

卢维埃一家其实很难忍受小姑娘的存在,他们感到不自在,而且真的是生理上的不自在。面对这样一个穿着褪色背心的棕发姑娘,这个笨拙的、面无表情的小姑娘,他们本能地反感,但是又因自己的反感而感到可耻。当她在客厅里坐下来,坐在小艾克托和唐凯德身边看电视的时候,父母俩总是禁不住感到不太愉快。他们最后会请她做点事情:"斯蒂芬妮,你真可爱,能不能帮我把门口的眼镜拿来?"或者他们会对她说,她的母亲在厨房里等她。幸运的是,根本不需要卢维埃一家提醒,她的母亲禁止自己的女儿走近游泳池。

临走前一天,艾克托和唐凯德邀请邻居家的孩子一起玩他们新买的火红色的蹦床。斯蒂芬妮的年纪其实和两个小男孩差不了多少,她能够完成一些令人惊异的动作——危险的弹跳,筋斗——惹得孩子们爆发出热烈的叫声。卢维埃夫人于是请斯蒂芬妮下来,让别的孩子玩。她走近丈夫,用怜悯的声音对丈夫说:"也许我们下次不该带她们来了。我觉得这对她来说太不容易了。看到这些,可又没有权利玩,这多难受啊。"她的丈夫微笑着,松了口气。

整整一个星期,米莉亚姆都在等待这个夜晚。她打开公寓门。路易丝的手提袋放在客厅的扶手椅上。她听见童音在歌唱。绿色的小老鼠,水面上的小船啦,总之是回旋的、漂浮着的什么东西。路易丝跪在地面上,身体弯着,专注在浴缸上。米拉将她棕红色的布娃娃浸在水里,亚当一面拍手一边哼哼着。路易丝轻轻地将浴泡涂堆在孩子们的脑袋上。保姆吹一口气,他们脑袋上的泡泡帽便飞散了,孩子们因此咯咯笑个不停。

在回来的地铁上,米莉亚姆就像一个着急的情人,简直有点迫不及待。整整一个星期她都没有见到孩子们了。今天晚上,她答应把晚上的时间都留给他们。他们可以一起躺在大床上。她挠他们的痒痒,抱着他们,抱得紧紧的,直到他们喘不过气来,直到他们挣脱为止。

她躲在浴室门后,看着他们,深吸一口气。她发疯般地想要感受他们的皮肤,吻他们的小手,听他们用尖细的嗓子喊"妈妈"。她突然觉得自己多愁善感起来。一个母亲不就是这样的吗?有时能让人变得有点傻,能够在平常的琐碎中看出非同一般来,能够在无聊中得到感动。

这个星期,她每天回家都很迟。孩子们都已经睡着了,等路易丝走后,她有时会上米拉的小床,贴着女儿睡,呼吸着女儿的发香,是一种草莓味的香精。今天晚上,她会允许孩子们做平常不让做的事情。他们可以在睡袋里吃半咸黄油的巧克力三明治。他们可以一起看动画片,挨在一起晚睡。夜里,孩子们的小脚丫会蹬到她的脸,她当然不会睡得很好,因为她担心亚当会掉下床。

孩子们从水里出来,光着身子奔向妈妈的怀抱。路易丝开始整理浴室,她用海绵擦洗浴缸。米莉亚姆对她说:"没关系,您别管了。这会儿已经很迟了,您可以回家了。您这一天肯定很累。"路易丝似乎没有听见,她弯着身子,继续在擦浴缸边,然后把孩子们七零八落的玩具重新放好。

路易丝折好毛巾。她把洗衣机里的水放空,然后给孩子们铺床。她把海绵放在厨房的橱柜中,同时从中取出一个长柄锅,放在炉子上。米莉亚姆根本介入不了,只好看着她动来动去。她试图让路易丝安静下来："我来做，我向您担保。"她想要从路易丝手中拿过锅，但是路易丝将锅柄紧紧攥在手中。路易丝轻柔地推开米莉亚姆。"您快去休息，"她说，"您一定累了，和孩子们去玩吧，我来准备晚饭。我肯定不会打扰您，您甚至看不见我。"

这是真的，时间越长，路易丝便越是能出色地做到这一点：既让人看不见她，同时又不可或缺。即使晚归，米莉亚姆也用不着给她打电话。米拉不再问妈妈什么时候回来。路易丝在那儿，支撑着这个脆弱的家庭大厦。米莉亚姆接受她像母亲一样照管这个家。每天，她都会将自己的任务再多匀一点给这个得到承认的路易丝。这个保姆就像是剧院里在黑暗中搬动布景的黑影。黑影们抬起一张沙发，一手推开硬纸板做的柱子或是墙。路易丝也在幕后行动，谨慎但却充满力量。是她手执透明的线，没有这些线，魔法就永远不会来临。她就是养育女神毗湿奴①，充满嫉妒心的保护者。她是喂养小婴儿的母狼，米莉亚姆家庭幸福不可或缺的来源。

大家看着她，却看不见她。她是如此亲近的存在，但却并不是这家里的一分子。她来得越来越早，走得越来越晚。

---

① 印度教三相神之一。梵天主管"创造"，湿婆主掌"毁灭"，而毗湿奴即"维护"之神，在印度教中被视为众生的保护之神，常化身各种形象拯救危难的世界。

有一天,才洗完澡,米莉亚姆就光着身子站在了路易丝面前,而她连眼皮都没有眨一下。"她看到我的身体又有什么关系?"米莉亚姆安慰自己说,"她根本不会因此觉得害羞的。"

路易丝总是鼓励夫妇俩出门。"应该充分享受青春。"她机械地重复着。米莉亚姆听从了她的建议。她觉得路易丝考虑周详,充满善意。有天晚上,保罗和米莉亚姆去保罗才认识的一个音乐家那里狂欢。晚会就在家里举行,在第六区。客厅很小,天花板也矮,人们挤作一团。斗室里却洋溢着欢乐的气氛,于是很快,大家跳起舞来。音乐家的妻子,一个高个子的金发女子,涂着海棠红色的唇膏,灵巧地穿梭在人群中,将伏特加注入客人的玻璃杯。米莉亚姆和陌生人聊天,放声大笑。她在厨房的工作台上坐了一个小时。凌晨三点,客人们都嚷嚷着饿了,美丽的金发女主人为大家准备了蘑菇蛋饼,大家都就着锅吃,叉子叮叮当当地碰在一起。

等夫妻俩回到家里,凌晨四点左右,路易丝在沙发上睡着了,双腿蜷缩在胸前,两手合拢。保罗轻手轻脚地给她盖了毯子:"别吵醒她。她看上去那么安宁。"后来路易丝就开始在米莉亚姆家留宿,一个星期一到两次。大家从来都没有明说,他们不说,但路易丝在这个家里慢慢地建造起了自己的小巢。

看到路易丝在他家的时间越待越长,保罗有时也会感到焦虑:"我可不希望有一天,她指控我们剥削她。"米莉亚姆和他保证,说自己会负责起这件事情。她是一个非常严谨、正直的人,只是懊悔自己没有提前做好准备。她会和路易丝说,把一切都讲在明处。她既有些尴尬,可同时她又暗自欣喜,路易丝自己完成了那么多家务,可米莉亚姆并没有要求她。米莉亚姆不停地道歉。她回来迟了便说:"对不起,我们又滥用了您的好心。"而路易丝总是回答说:"我在这里就是干这个的。别在意。"

米莉亚姆经常送她礼物:在地铁口一家便宜的小店里买的耳环;橘子蛋糕,这是她所知道的,路易丝唯一喜欢吃的东西;她把自己不穿不用的衣物给她,虽然很长时间里,她在想这样做是不是有点侮辱她。米莉亚姆尽自己所能,不想伤害路易丝,不想让她感到嫉妒或者痛苦。在逛商店,替自己或孩子们买东西的时候,她总是把新衣服放在一个旧布包里,只有等路易丝走了以后才拿出来。保罗夸她,说她的确非常谨慎。

保罗和米莉亚姆身边的人最终都知道路易丝的存在。有些人是在社区里或在他们家里见到过她。其他人只是听说过这个从童话书里跳出来的、不太真实的保姆的丰功伟绩。

"路易丝的晚餐"最终成为一个传统,一个米莉亚姆和保罗的所有朋友求之不得的约会。路易丝知道每个人的口味。她知道爱玛表面上是个有想法的素食主义者,但真相却是她患有厌食症,知道保罗的哥哥帕特里克最喜欢肉和蘑菇。晚餐通常是在周五晚间。路易丝需要一个下午的烹饪时间,而孩子们就在她眼前玩耍。她整理房间,插花,布置餐桌。她穿过整个巴黎城,买几米布料来,缝制成桌布。餐具准备齐全,调味汁变浓,葡萄酒入了长颈瓶,她便溜出家门。有时她会在楼下的大厅或是地铁口碰到客人。面对他们的赞扬，看到他们不言而喻的微笑，一手放在肚子上，唇边流着口水的样子，她总是羞赧地答上一句。

有天晚上，保罗坚持让她留下来，因为这天非同寻常。"有那么多事情值得庆祝！"帕斯卡给了米莉亚姆一桩大案子，由于她机灵而充满战斗力的辩护，她有望能赢。保罗也非常开心。一个星期之前，他正在工作室里埋首于自己的声音合成时，一个著名的歌手进了录音棚。他们谈了很长时间，他们共同的音乐品味，他们所能够想象的制作安排，他们能够生产出的难以想象的音乐素材。最终，这位歌手提议由保罗来做他的下一张唱片。"真的会有这样的岁月，一切都向我们绽放微笑。我们必须抓住机会，"保罗抓住路易丝的双肩，微笑着，看着她决定道，"不管您愿不愿意，今天晚上，您和我们一起吃晚饭。"

路易丝躲进孩子们的卧室。很长时间，她和米拉躺在一起。她抚摸着米拉的鬓角与头发。在小灯幽蓝的光线里，她瞥见亚当那张孤独的小脸。于是她下不了决心走出卧室。她已经听到开门迎客的声音，以及走廊里响起的笑声。香槟酒开瓶的声音，将扶手椅推到墙边的声音。在浴室里，路易丝整了整发髻，涂上一层紫色的眼影。米莉亚姆从来不化妆。这天晚上，她穿了一条直筒牛仔裤和一件保罗的衬衫，挽起袖子。

"你们还不认识吧,我想?我给你们介绍一下我们的路易丝。你们知道的,所有人都羡慕我们能有路易丝!"米莉亚姆揽过路易丝的肩膀。路易丝微笑着,转过身,米莉亚姆的手势中所包含的亲密意味让她感到有点尴尬。

"路易丝,这是帕斯卡,我的老板。"

"老板?你可不能这样说!我们只是一起工作。我们是同事。"帕斯卡放声大笑,向路易丝伸过手。

路易丝坐在沙发一角,她长长的手指涂了指甲油,抓住自己的香槟酒杯。她就像个外国人,一个遭到流放的人一样不自在,完全不懂周围人的语言。时不时地,越过茶几,她和其他客人彼此交换一个尴尬而充满善意的微笑。他们举起杯子,为米莉亚姆的才能、保罗的歌手干杯,甚至有个客人还哼起了小曲。他们在谈论自己的职业,谈论恐怖主义、不动产。帕特里克讲述自己的斯里兰卡度假计划。

爱玛再次走近路易丝,和她谈起了自己的孩子。在这个问题上,路易丝有话说了。爱玛很焦虑,但路易丝却很笃定。"这很常见,您不用着急。"保姆总是重复说。爱玛是那么焦虑,可没人会听她说,她真羡慕米莉亚姆能够如此信任这个长着斯芬克斯脑袋的保姆。爱玛看上去是个温柔的女子,唯一背叛这形象的是她总绞在一起的双手。她总是保持着微笑,但她却很容易嫉妒别人。她看上去颇善交际,实际上却很内向。

爱玛住在二十区,在那里,有些被人擅自占住的房屋被改造成了生态住宅。她就生活在其中的一幢小房子里,装修的品位简直让人觉得不自在。客厅堆满了小玩意儿和垫子,仿佛不是想让人懒洋洋地坐着,而是要挑起人的嫉妒心。

"小区的学校简直糟糕透了。孩子们就在地上玩。从学校门口过的时候,你能听到孩子们互相在喊'婊子''同性恋'。我倒不是说在私立学校里'他妈的'之类的就没有人说,但是他们说的方式就不一样,您不觉得吗?至少他们互相之间不会那么称呼。他们知道这样说不好。"

爱玛甚至听说在他们那条街上的公立学校里,父母穿着睡衣就把孩子送去了,而且往往还迟到半个小时,还有个戴面纱的母亲拒绝与校长握手。

"这样说或许不好,但是奥丹有可能是他们班里唯一的白人。我知道我们不应该放弃,但是如果有一天,他回到家里,一边祈祷上帝,一边说阿拉伯语,我觉得我的管理真的会出问题。"米莉亚姆冲她微笑。"您明白我的意思,是吗?"

他们笑着站起身来,走向餐桌。保罗让爱玛坐在他身边。路易丝冲向厨房,等她手里端着菜回到客厅时,大家都热烈欢呼。"她脸红了。"保罗拿她打趣,声音很尖。有几分钟的时间,路易丝成了所有人关注的中心人物。"这调味汁是怎么做的?""放点生姜真是个好主意!"客人们不停地夸耀她的本领,保罗于是开始谈论她——"我们的保姆"——就像谈论自家的孩子或者老人,当着他们本人的面。保罗为大家斟上葡萄酒,谈话很快就超越了"地粮"层面。谈话声音也越来越大。人们把香烟浸灭在盘子里,烟头在调味汁里飘荡。没有人注意到路易丝已经退回厨房。她正专心致志地打扫。

米莉亚姆冲保罗投去恼怒的一瞥。她假装迎合他的笑话,但是每每他醉的时候,他都让她感到紧张。他变得放纵,难以对付,一点现实感也没有。只要他喝多了,他就会向一些可恶的人发出邀请,应允他根本无法兑现的承诺。他说谎。但是他似乎没有注意到妻子的恼怒。他又开了一瓶葡萄酒,一边敲击着桌子一边说:"今年,我们会很高兴带保姆一起度假!我们应该享受一下生活,不是吗?"路易丝手里握着一堆盘子,微笑着。

第二天早上,保罗穿着皱巴巴的衬衫醒来,唇上还残留着红酒渍。在淋浴下,昨晚的情景又回到了他的记忆中。他想起了自己的提议和妻子阴郁的眼神。他也觉得自己很蠢,已经先行感到厌倦起来。他知道米莉亚姆会嘲笑他,嘲笑他这个醉鬼的允诺。她会指责他,从来不考虑经济问题,而且对路易丝也显得过于轻浮:"就因为你,她感到失望了,但是因为她很善良,她甚至都不敢说什么。"米莉亚姆会把他们的账单送到他鼻子底下,让他清醒地意识到现实。她会总结说:"只要喝了酒,你总是这样。"

但是米莉亚姆看上去并没有生气。她睡在沙发上,把亚当抱在怀里。她穿着一件男式的睡衣,看上去太大了。保罗坐在她身边,在她的颈间嘟哝着,他喜欢米莉亚姆脖颈散发出来的欧石楠的味道。"你昨天说的是真的吗?你觉得我们今年夏天可以带路易丝去度假吗?"她问道,"你大概还没意识到呢,这一次我们终于可以真正度个假了。而且路易丝也会很高兴:无论如何,除了高兴她还能怎么样呢?"

天太热了,路易丝不得不将饭店房间的窗开了一条小缝。醉鬼的叫声和汽车的刹车声也没有能够惊醒亚当和米拉,他们俩都沉睡着,张着嘴,一条腿伸到床外。他们只在雅典停留一夜,为了节省开支,路易丝和孩子们挤一间小房间。他们笑闹了整整一个晚上。孩子们睡得很晚。亚当感到很幸福,他在雅典街头的石子路上跳舞,老人们都被他的芭蕾舞吸引,纷纷击掌相和。路易丝并不喜欢这座城市,尽管太阳很毒,小孩子也老大不情愿,但他们走了整整一个下午。路易丝只想着明天出发去岛屿的旅行,米莉亚姆和孩子们讲了不少关于这些岛屿的传说与神话。

　　米莉亚姆不太擅长讲故事。她的讲述方式多少让人有点不快,她喜欢使用复杂的词,而且每句话结尾都要加一个"你明白吗?"或"你理解了吗?"但是路易丝听她讲,就像一个认真的学生,听她讲宙斯和战争女神的故事。和米拉一样,她喜欢埃勾斯,是他把自己的蓝色给了大海,对她来说,这还是第一次坐海船呢。

早晨,她好不容易把米拉从床上拖起来。保姆给她脱衣服的时候,小姑娘还在睡。在去比雷埃夫斯港口的出租车上,路易丝一直在回想古代诸神的名字,但是她什么也记不得了。她真应该在她的花皮封面的本子上记下这些人物的名字。等她一个人的时候,她要想着这件事。港口的进口处已经开始堵车,警察试图疏散交通。天气已经非常炎热,亚当坐在路易丝的膝头,满身是汗。巨大的指示屏上面列出了开往各个岛屿的航班航道,但是保罗根本弄不懂。他很是恼怒,情绪激动。司机掉了个头,一副忍气吞声的样子耸耸肩。他不会说英语。保罗付了他钱,他们从出租车上下来,奔向自己的站台,拖着箱子和亚当的小推车。船上的工作人员已经打算升起浮桥,却看见了这家人,他们蓬头垢面,神情茫然,激动地挥着双手。他们运气还算好。

才安顿下来,孩子们就睡着了。亚当被妈妈抱在怀里,米拉的脑袋枕在保罗的膝上。路易丝想要看看大海和岛屿。她登上甲板。在凳子上,一个女人仰面而卧。她穿着分体泳衣:一条小小的短裤,还有一条玫瑰色的小布带,勉强遮住双乳。她的头发是那种淡金色,很干,但让路易丝感到震惊的,是她的皮肤:略带紫色,上面布满了黄褐色的斑点。还有好几个地方,大腿内侧、面颊上、乳房那里,她的皮肤竟然都起了泡,就像是烧伤一样,露出没长好的肉。她一动不动,就像供大家观看的解剖用的尸体。

路易丝晕船。她大口呼吸着,闭上眼睛,然后再睁开,但仍然无法控制眩晕感。她动不了。在凳子上坐定后,背朝甲板,远离船舷。她只是想要看看大海,记住大海,记住这些旅客们指指点点的白色海岸的小岛。她想要记住船工,记住他们将锚抛进大海的样子,还有跃入水中的那些个小小的影子,她想要都记下,但是她的胃部一阵翻腾。

太阳越来越烈,此时越来越多的人聚集到甲板上,欣赏那个躺在凳子上的女子。她在眼睛上蒙了眼罩,也许是风声太大,她听不见周围压抑的笑声、评头论足和喃喃自语。路易丝的目光始终无法脱离这具干枯的、浑身是汗的身体。这个女子被太阳蒸干了,就像一块扔在柴火上的肉。

保罗在一个很可爱的食宿全包的旅馆里订了两个房间，房子位于岛屿的高地上，可以俯瞰孩子们喜欢去的海滩。太阳西沉，海湾染成了玫瑰色。他们向小岛的中心城镇阿波罗尼亚的方向走去。他们特地沿着种满了仙人掌和无花果树的街道走。在一座峭壁旁边，清真寺打开大门迎接穿着泳衣的游客。路易丝完全沉浸在美景之中，狭窄的街道如此静谧，还有猫儿安静沉睡的小广场。她坐在一堵矮墙上，双脚悬空，望着自己面前打扫庭院的老年女子。

太阳渐渐没入海中，但是天还没有完全黑。光线只是染上了柔和的色调，景致依然清晰可辨：教堂顶上的一口钟，石质半身像上的鹰钩鼻侧影。大海和灌木丛生的海岸似乎变得凉爽了，沉入懒洋洋的昏沉之中，慢慢地让人心生期待，想要将自身奉献给即将到来的夜晚。

把孩子哄睡着了之后,路易丝难以入眠。她坐在房间的阳台上,欣赏圆形的海湾。晚上刮起了微风,那是海风,她能够从中闻到盐的味道,和虚幻的味道。她就躺在折叠帆布椅上睡着了,身上仅仅盖了一条披肩。是黎明的清冷让她醒过来,面对白天的一番景象,她差点叫出声来。那是一种纯粹、简单、显而易见的美。所有心灵都能够感受到的美。

孩子们也醒了,非常激动。他们只想用嘴品尝大海。亚当要在沙滩上打滚。米拉想看鱼。早餐一结束,他们就去了海滩。路易丝穿着一条宽松的橙色长裙,就像北非的那种带帽长袍,米莉亚姆禁不住笑了。这是好几年前,卢维埃夫人给她的,同时还没忘了和她说清楚:"哦,您得知道,我已经穿过很多次了。"

孩子们准备好了。路易丝给他们涂上了防晒霜,他们立刻冲进了沙堆。路易丝靠在一堵石墙上坐着,在一棵松树下,双腿折起,欣赏海面上跳跃的阳光。她从来没有看见过这样美的景色。

米莉亚姆俯身而卧,她在读一本小说。保罗早餐前跑了七公里,现在正昏昏欲睡。路易丝堆起一座座沙堡。然后她想做一个很大的乌龟,被亚当不停地毁掉后,她再耐心地重来。米拉因为太热,懒洋洋的,她伸手拉路易丝:"来呀,路易丝,到水里去嘛。"保姆没同意。她让她等一会儿,让她坐着:

"来帮我一起完成我的乌龟,好吗?"她把自己捡的贝壳给孩子们看,小心翼翼地将它们放在她那巨大的乌龟上。

松树已经不够为他们遮阴,暑气越来越重。路易丝满身是汗,此时她不再有借口反对孩子的请求。米拉抓起她的手,可路易丝拒绝站起身来。她抓住小姑娘的手腕,突然推开她,米拉跌倒了。路易丝叫道:"给我松开!"

保罗睁开眼睛。米莉亚姆冲向哭闹的米拉,安慰她。他们向路易丝投去愤怒而失望的眼神。保姆退后一步,很是羞愧。正当他们想问她要个解释的时候,路易丝缓缓开了口,声音很轻:"我没有告诉过你们,可我不会游泳。"

保罗和米莉亚姆没有吭声。他们只是对米拉做了个手势,让她闭嘴,米拉已经开始嘲笑她说:"路易丝是个婴儿,她连游泳都不会。"保罗感到很尴尬,而这尴尬又让他感到恼火。他恨路易丝,非要把她的贫困、她的脆弱一并拖到这里来。一副殉道者的表情,毁了他们美好的一天。于是他领着孩子去游泳了,米莉亚姆又重新沉浸在自己的书里。

一个上午都在路易丝的这份忧郁中被打发掉了,在小旅馆的阳台上用餐的时候,没有人说话。大家还没吃完,保罗突然站起身来,把亚当抱在怀里,向海滩上的小店走去。回来的时候,他一蹦一跳的,因为脚底的沙子把他的脚烫坏了。他冲路易丝和米莉亚姆挥动手中的一个小包。"瞧啊。"他说。可两个女人都没反应。待到保罗将护肘给路易丝戴上时,她顺从地张开手臂。"您可真瘦,孩子用的护肘正适合你!"

整整一个星期,保罗都领着路易丝去游泳。他们俩每天起得很早,米莉亚姆和孩子们留在寄宿旅店的小游泳池边的时候,他们俩便冲向依旧空旷的海滩。来到湿漉漉的沙滩上,他们手握手下到水里,走很长时间,朝着地平线的方向。他们一直前进到脚渐渐离开了沙子,身体开始漂浮起来。在这样的时刻,路易丝总是感到一阵恐慌,因为她已经无法躲藏。她发出小小的叫声,这时保罗就会意识到,他必须把路易丝的手再抓得紧些。

　　开始的时候,接触到路易丝的皮肤,保罗也会有点尴尬。教她浮水的时候,他把一只手垫在路易丝的颈部,另一只手撑住她的臀部。一个愚蠢的念头一闪而过,他暗自发笑:"路易丝也有屁股。"路易丝的身体在保罗的双手下颤抖。这身体,他之前当然没有见过,甚至没有想过,因为保罗把路易丝归为孩子的世界,或者只当她是个雇员。也许对于她,他根本视而不见。然而,路易丝看起来并不让人觉得有什么不舒服。在保罗的手掌间,她像个小小的玩具娃娃。几缕金色的头发从米莉亚姆给她买的泳帽里掉出来。微微带点褐色的皮肤,脸颊上和鼻子上有一点小小的雀斑。保罗第一次注意到她的脸上竟然有一层细细的金色绒毛,就像才孵出来的小鸡崽儿。但是她自有一种故作正经的、孩子般的拘谨气质,所以保罗不可能对她产生与欲望有关的情感。

路易丝望着自己插入沙中的脚,海水轻轻舔着她的脚面。在船上,米莉亚姆告诉过她,锡夫诺斯岛往日之所以这么繁华,是因为地下有金矿和银矿。路易丝相信,透过海水看到的粼粼光芒就是贵金属所发出的光芒。清凉的海水没过她的臀部,现在接着没过了她的性器官。大海很平静,接近透明。没有一朵浪溅上她的胸部,惊吓到她。小孩子都坐在水边,在父母平静的目光下。当水没过腰的时候,路易丝便无法呼吸了。她望着四周,天空如此耀眼,如此不真实。她在自己瘦弱的胳膊上摸索,一黄一蓝的两个护肘,上面画着龙虾和人鱼。她直愣愣地望着保罗,眼神中满是祈求。"您根本没有任何危险,"保罗发誓说,"只要您有脚,您就什么危险都没有。"但是路易丝好像吓坏了。她觉得自己摇晃起来。大海深处会将她吸走,这会儿她的脑袋也进了水,双腿在一片空茫中挣扎，直至精疲力竭。

她回想起孩提时代，班里有个同学掉进了村口的池塘。那是一片泥泞的水塘，夏天散发出一股恶心的气味。尽管父母不允许，尽管一潭死水上蚊蝇聚集，孩子们还是要去那里玩。而现在，在爱琴海幽蓝的海水中，路易丝却再次想到了那片黑暗的、腐朽的水面，还有在烂泥中找回的那个孩子的脸。此刻，在她面前，米拉在蹬腿。她浮了起来。

他们醉了,正走在通向阳台的那几级石阶上,石阶通向与孩子房间相连的阳台。他们笑着,有时,要爬一级稍微高出一点的台阶时,路易丝会挽住保罗的胳膊。她坐在紫红色的叶子花下,喘着粗气,望着下面的海滩,年轻的情侣们一边啜饮着鸡尾酒一边跳舞。酒吧在沙滩上欢庆。这是"满月晚会",保罗为她翻译。和月亮有关的节日,丰盈的、红彤彤的月亮。整个晚上,他们都在惊叹月亮的美。她从来没有看到过这么美的月亮,这么美,的确值得摘取桂冠。这月亮和她童年时看到的那种冰冷的、灰色的月亮完全不一样。

在高处的饭店阳台上,他们欣赏过了锡夫诺斯海湾,还有夕阳那熔岩一般的颜色。保罗让她注意云彩的形状,就像花边一样。旅客们纷纷拍照,路易丝也想站起身来,举起她的手机,保罗却用手按住了她的胳膊,示意她坐下:"这样拍没什么意思,您最好就保持现在的这个样子。"

他们第一次三个人一起吃晚饭。寄宿旅店的老板主动提出由她来照看孩子们。老板的孩子与米拉他们差不多大,从一开始,几个孩子就玩在了一起。米莉亚姆和保罗显然有些意外。路易丝开始当然表示拒绝。她说她可不能让孩子们单独待着,她要哄他们睡觉,说这才是她的工作。"他们游了一下午泳,不会睡不着觉的。"旅店老板娘用蹩脚的法语说。

于是三个人有些笨拙地走向饭店,一路没有说话。饭桌上,他们比以往都喝得多了点。米莉亚姆和保罗对这顿晚饭心存恐惧。他们能说些什么呢?他们彼此间没有什么好交流的。他们说服自己,这是好事,路易丝会感到很高兴的。"就是为了让她觉得,我们非常看重她的工作,你明白吗?"于是他们谈论孩子、风景,说起明天要去洗海水浴,还有米拉在游泳上的进步。他们想要对话。路易丝也想要说点什么。说点什么,不管什么,她自己的故事,可是她不敢。她深吸一口气,脸向前凑,可又缩了回来,仍然缄默不语。他们喝着,沉默变得如此安宁,略带忧郁。

保罗坐在她身边,将胳膊围上她的双肩。茴香酒让他变得活泼起来。他用自己的大手抓住路易丝的肩,仿佛一个老朋友般冲着她微笑。她愣住了,心醉神迷。男人的脸。他黄褐色的皮肤，大大的、白色的牙齿，因为海风和海盐而变得金黄的头发。他轻轻地摇着她，就像摇着一个有些羞涩或是有些悲伤的朋友，因为希望朋友放松下来，或者能够重新振作起来。如果她敢，她就会把手放在保罗的手中，用自己瘦削的手指将他的手紧紧抓住。但是她不敢。

保罗的随意让她着迷。他和给他们送来饭后利口酒的服务生开玩笑。几天之内，他已经学会了足够的希腊词语，可以逗商人发笑，或是讨点折扣什么的。人们都认识他。在海滩上，别的孩子都喜欢和他玩儿，他总是笑着满足他们的愿望。他把孩子们背在背上，和他们一起投入大海。他的胃口好得惊人。米莉亚姆似乎因此有些恼火，但是在路易丝看来，这份几乎要把菜单点个遍的贪食挺动人的。"这个也要，试试看吧，好吗？"他用手指抓住肉块、菜椒或是乳酪，带着天真的欢乐狼吞虎咽。

回到旅店的阳台上，他们捂着嘴哈哈大笑，路易丝将手指竖在嘴唇上。别吵醒孩子们。可这份清醒此时却显得很可笑。他们就在扮演孩子，他们，白天考虑的都是孩子，而这会儿，却奔向了同一个目标。这天晚上，一种不同寻常的轻盈吹拂过他们。醉意让他们从累积的恐惧中，从悄悄插入在他们中间的孩子问题——丈夫和妻子，母亲和保姆——所带来的压力中释放出来。

路易丝很明白这是稍纵即逝的一瞬。她看得很清楚,保罗贪婪地望着妻子的肩。在浅蓝色连衣裙的映衬下,米莉亚姆的肤色闪闪发光。他们开始跳舞,脚和脚碰撞在一起。他们有些笨拙,甚至尴尬。米莉亚姆在傻笑,就好像很久以来已经没有人这么搂着她的腰了,就好像如此成为对方欲望的对象,她觉得十分可笑。米莉亚姆将面颊埋在丈夫的肩头。路易丝知道他们马上就会停下,对她说再见,假装自己困得不行。她多么希望留住他们,紧紧抓住他们,她的指甲刷蹭着石质的地面。她想将他们放置在小钟下,就像粘在音乐盒基座上那两个动不了的、笑盈盈的小人儿。她在想,她一定能一连好几个小时坐在那儿看着,永远不会感到厌倦。看着他们,她就可以得到满足,她只需要躲在阴影里,一切就很完美,机器便永远会运转下去。她现在有了一种私下里产生的信念,灼热的、令她感到痛苦的信念,那就是她的幸福取决于他们。她属于他们,他们也属于她。

保罗咯咯笑着,双唇深埋进妻子的颈项间。他说了点什么,路易丝没有听见。他坚定地握住米莉亚姆的手,然后他们像两个乖小孩一般和路易丝道了晚安。她看着他们踏上通往房间的石阶。两具身体的蓝色线条渐渐变得模糊起来,消失在视野中,接着是房间门发出的声响。窗帘拉上了。路易丝沉入了一个色情之梦里。虽然她不想,努力在拒绝,但声声入耳。她听见了米莉亚姆的叫声,像玩具娃娃一样的呻吟。她听见床单窸窸窣窣的声音,还有床头撞击墙的声音。

路易丝睁着眼睛。亚当开始啼哭。

露丝·格林伯格

日后,格林伯格夫人可能会不下一百次地描述电梯上这小小的一段路。在大厅稍稍等候一会儿后,五层楼,两分钟不到的时间,但却成为她有生以来最为揪心的时刻,命中注定的某个时刻。她后来不停地对自己说,她或许本可改变事情的发展,如果她能注意到路易丝喘着粗气,如果她没有因为睡午觉关上窗户和百叶窗。她在电话里哭了,女儿们根本无法安抚她。听到她认为自己如此重要,而且眼泪如此源源不断,警察都感到很恼火,他们只是干巴巴地说:"无论如何,这也不是你的错。"她向两位一直追踪诉讼的记者讲述了一切。她还要对被告的律师讲述,即使她觉得这个律师有点高高在上、漫不经心。在证人席上,她又会再一次重复。

路易丝,她每次都会说,路易丝那天和往常不同。她平常一向都是笑盈盈的，和蔼可亲，那天却站在玻璃门前一动不动。亚当坐在一级台阶上，发出尖锐的叫声，米拉跳着去撞弟弟。路易丝没有动，只是她的下唇在轻微颤抖。她的双手握在一起，垂着眼睑。第一次，她似乎对孩子们发出的声音置若罔闻。她一直是很在意邻居们的一个人，而且非常注意行为举止，这次却没有对孩子说什么。她似乎没有听到他们的声音。

格林伯格夫人非常欣赏路易丝。甚至可以说，她很欣赏这个把孩子照料得令人嫉妒的优雅女人。米拉，那个小女孩，总是梳着整整齐齐的辫子，或者在脑后绾个髻，上面扎着头花。亚当似乎也很喜欢路易丝。"现在她做了这样的事，也许我不该再这样说。但是那会儿，我对自己说，他们运气可真好。"

电梯停在底楼，路易丝抓住亚当的领子。她把亚当拽进电梯，米拉哼着歌跟在后面。格林伯格夫人犹豫了一会儿，在想是不是要和他们一起上去。有几秒钟的时间，她在想自己是不是该假装回到大厅查看邮箱。路易丝脸色很差，这让格林伯格夫人感到有点不舒服。她害怕五层楼对她来说会显得过于漫长。但是路易丝为邻居留住了门，她贴着电梯尽头的板壁站好，将购物袋夹在腿间。

"她看上去像是喝醉了吗？"

格林伯格夫人很肯定，路易丝看上去是正常的。如果她想到……她肯定不能让路易丝和孩子们一起上去。那个头发油腻的律师对此表示嘲笑，她提请法庭注意，露丝有眩晕症，她还有视力问题。这位退休的音乐教师很快就要六十五岁了，她几乎看不见什么东西。再说，她一向在黑暗中，在灰蒙蒙的一片中生活。过于强烈的光线会造成剧烈头痛。正是因为这个，露丝关上了百叶窗。因为这个，她什么也没有听见。

对这个律师，她差点当庭就爆了粗口。她真想叫她闭嘴，真想打碎她的下巴。她难道不觉得羞耻吗？她实在是太有失体面了。从诉讼的第一天开始，女律师就说米莉亚姆是一个"不称职的母亲"和一个"过于投入的职员"。她将米莉亚姆描述成一个因为职业野心而什么都不在意的女人，自私、冷漠，乃至于将路易丝推向绝境。参与听证的一个记者对格林伯格夫人解释说，发火也没有用，而且这只是"辩护的策略"。但是格林伯格夫人觉得这实在是太肮脏了，毫无疑问。

大楼里没有人谈论这件事，但是格林伯格夫人知道，所有人都在想。她知道，夜晚来临，每一层的人都在黑夜中睁大了眼睛。她知道,他们的心扑通扑通地跳着,身体翻来覆去,扭来扭去,就是睡不着。三楼的一对夫妻已经搬走了。马塞一家自然再也没有回来过。露丝留下了,尽管梦中幽灵出没,尽管记忆中满是这叫声。

那天,午觉后,她打开百叶窗。就在这个时候她听见了叫声。大多数人从来没有听到过这样的叫声。这是战争中人们发出的叫声,在绞痛时发出的叫声,属于另外的世界、另外的大陆。绝对不是这里的叫声。这叫声持续了至少十分钟,这叫声几乎是一气呵成,没有停顿,也没有话语。这叫声最后变得嘶哑,涕血尽下,充满愤怒。"叫医生",这是她最后说的。她没有叫"帮帮我",没有叫"救命",但是她在难得的清醒时刻,重复着"叫医生"。

悲剧发生前的一个月,格林伯格夫人在大街上遇到过路易丝。保姆似乎忧心忡忡,她最后说了缺钱的事情,说房东一直揪着她不放,说她欠的债,说她银行账户上一直是赤字。她说啊说啊,就像一个泄了气的气球,越说越快。

格林伯格夫人装出没有听懂的样子。她垂着下巴,只是说:"这个时代对所有人来说都很艰难。"接着路易丝抓住了她的胳膊:"我不是在乞讨。我能工作,晚上或者早晨都可以。孩子们睡着的时候,我可以做家务,熨衣服,你要我干什么我都可以。"如果不是路易丝把她的手腕抓得那么紧,如果她没有直愣愣地用一双黑眼睛盯着她的眼睛,仿佛谩骂和威胁一般,露丝·格林伯格说不定就答应了。不管警察会怎么说,她原本确实能够改变这一切。

飞机延误了很久,直到夜幕初降,他们才回到巴黎。路易丝庄严地和孩子们告别。她久久地拥抱他们,把他们紧紧抱在怀里。"星期一见,是的,星期一。你们有任何需要都可以给我打电话。"她对米莉亚姆和保罗说。两个人已经钻进了通向机场停车场的电梯。

路易丝向快速火车的站台走去。车厢里人很少。她靠窗坐下,觉得窗外的景色着实令人不快,站台上成群结队的年轻人,光秃秃的大楼、阳台,还有保安写满敌意的脸。她闭上眼睛,召唤着希腊海滩的记忆,西沉的太阳,面朝大海的晚餐。她召唤这些记忆,就像是神秘主义者乞灵于奇迹的出现。当她打开小公寓的门,她的手开始颤抖。她真想撕掉沙发罩,一拳砸碎玻璃窗。一种难以名状的混乱,一种让她感到撕心裂肺的痛苦。她简直禁不住要号叫。

星期六,她一直到十点才起来。她躺在沙发上,双手交叉放在胸前,她望着绿色吊灯上渐渐堆积的灰尘。换作是她,绝对不会选择那么难看的东西。她租了一间带家具的公寓,一点没动里面的摆设。雅克,路易丝的丈夫,她在他死后必须找到一个住的地方,因为她被赶了出来。流浪了几个星期之后,她得找个窝。多亏亨利蒙多尔医院一个对她非常好的护士,她才找到这间位于克雷泰耶的公寓。年轻的女护士保证说房主要的押金不多,而且接受现金付款。

路易丝起了床。她将一张椅子推到吊灯正下方的位置,抓起一块抹布,开始擦拭吊灯,她把灯抓得那么紧,险些从天花板上拽了下来。她踮起脚尖,摇动着灰尘,大块大块的灰色垢絮落进了她的发间。十一点,她清扫了一切。她重新擦了玻璃,里里外外,她甚至用蘸了肥皂水的海绵擦拭了百叶窗。她的鞋子整整齐齐地沿墙摆成一排,闪闪发光,颇为可笑的样子。

他们也许会打电话给她。星期六,她知道的,他们有时会去饭店吃饭。是米拉讲给她听的。他们去一间小饭馆,米拉想吃什么就可以点什么,亚当则在父母温柔的注视下,用小勺子挖一点芥黄酱或柠檬酱尝尝。如果是一起去就好了,路易丝喜欢这种氛围:在挤满人的小饭店里,杯盘碰撞发出的声音,还有服务生的传菜声。这样她就不那么害怕沉默了。她可以坐在米拉和弟弟中间,时不时地调整一下小姑娘膝头的餐布。她可以喂亚当,一勺一勺地喂。她听保罗和米莉亚姆说话,一切都太快了,而她的感觉会很好。

她会穿上蓝色的、长及脚踝的裙子,裙子前面有一排小小的蓝色珠子。她希望做好准备,这样,只要他们需要,她就可以立刻就绪。只要他们提出,不管是哪里,她都能立刻赶到,他们也许已经忘记了她住得有多远,每天赶去需要多长时间。她坐在厨房里,用指尖轻轻敲击着密胺树脂的餐台。

午饭的时间过去了。乌云在干净的玻璃窗前渐渐聚集,天色阴沉。梧桐树间,风呼呼地刮着,接着就开始下雨了。路易丝有些焦躁。他们没有给她电话。

现在出门已经太迟了。她可以去买点面包,呼吸一点新鲜空气,或者只是随便走走。但是在空旷的街道上,她实在没什么好干的。街区里唯一的咖啡店是醉鬼们聚集的窝点,下午三点不到,陆陆续续就会有人开始摇动栅栏门。门内,花园已经荒芜。她本应该早点决定的,钻进地铁,在巴黎街头游荡,跻身于靠购物来应对新一周工作的人群中。她会觉得有些茫然,她会在大商场门口跟着女人们,漂亮、匆忙的女人。她会在玛德莱娜大教堂前流连,与那儿的小咖啡桌擦身而过。她会对撞到她的人说一声"对不起"。

在她眼里,巴黎就是一面巨大的橱窗。她尤其喜欢在歌剧院那一带漫步,沿着皇家大道往下,然后转上圣奥诺雷街。她慢慢地走,细细品味行人与橱窗。她什么都想要:麂皮靴子,翻皮的外套,蛇皮包,前面折叠开衩的长裙,花边内衣。她想要丝绸衬衫,玫瑰色的羊绒开衫,说不上品牌的连裤袜,甚至是制服。她幻想着或许有一种生活能让她拥有这一切。她可以当着温柔的营业员的面,随意指点她喜欢的商品。

星期天来了,依然是无聊与恐惧。在沙发床上度过的星期天阴郁而沉重。她就穿着蓝色裙子睡着,裙子是合成纤维的料子,皱得厉害,闷得她浑身是汗。夜里,她数度睁开眼睛,不知道究竟是过去了一个小时还是一个月。不知道自己是睡在米莉亚姆和保罗家里,还是在雅克身边,在波比尼的那个家里。然后她重新闭上眼睛,再次陷入突如其来的、沉沉的、有些发狂的睡眠中。

路易丝从来都很讨厌周末。还和斯蒂芬妮在一起生活的时候,斯蒂芬妮总是抱怨星期天无所事事,不能够参与到路易丝为别的孩子组织的活动里。只要可以,她便逃走。星期五,她和街区的其他少年一起在外面待着,夜不归宿。早晨回来,她面如菜色,双眼通红,两个大大的黑眼圈。因为饿坏了,她低着脑袋穿过小客厅,奔向冰箱。她靠在冰箱门上吃,甚至都不坐下,两手埋在路易丝为雅克准备的饭盒里。有一天,她把头发染成了红色。她还打了鼻洞。然后她开始消失,整个周末都不回来。接下去,有一天,她再也没有回来。波比尼的这个家里再也没有什么能留住她的了。中学嘛,她已经离开很久了。路易丝也不再是她待在这个家里的借口。

她的母亲当然报了失踪。"离家出走,在这个年龄是很正常的事情。再等一会儿,她会回来的。"再也没有人多说一句。她也没找。后来,她从邻居那里得知斯蒂芬妮在南部,她爱上了某人,说她到处跑。路易丝没有追问细节,没有提任何问题,也没有要求他们重复少得可怜的那点信息,邻居也再没谈起。

斯蒂芬妮消失了。终其一生,斯蒂芬妮的存在似乎一直让人觉得尴尬。她的在场令雅克感到不快,她的笑声总是弄醒路易丝看顾的孩子。她的大屁股,她为了让别人通过而倚在狭窄走廊上的滞重身影。她害怕会堵住路,会撞到别人,会塞满别人也想坐的椅子。一开口,她的表达也很差。她总是笑,笑声如此无知,总是会激怒别人。最后,她终于发展出一种隐身的天赋,自然的,既不惹人注意,也不会让人提前预知她的存在。仿佛是命中注定的一样,她消失了。

星期一早上,天还没亮,路易丝就走出家门。她走向快速火车车站,在奥贝尔换乘,在站台上等待,沿着拉法耶特街往上,然后转上高街。路易丝就是一个士兵,不惜一切代价往前进,仿佛一头困兽,或者是一条有可能被坏孩子伤了爪子的狗。

九月仍然炽热，光线充足。星期三下午，放学之后，路易丝总是打破孩子们喜欢赖在家里的懒意，带他们去公园，或是去看水族缸里的鱼。他们在布劳涅森林的湖上泛舟，路易丝告诉米拉说，水面上漂浮的海藻是失去魔力的复仇女巫的头发。到了月底，天气如此温和，路易丝感到很高兴，决定带孩子们去巴黎游乐园。

在地铁站，一位上了年纪的马格里布人主动提出要帮助她带孩子们下楼梯。她谢绝了他，独自用双臂抓住小推车，亚当还坐在上面。年长男子一直跟着她，他问孩子们多大了。她正准备告诉他，这两个不是她的孩子。但是年长男子已经俯下身，凑近孩子们道："他们真漂亮。"

孩子们很喜欢地铁。要不是路易丝抓住他们，他们就会在站台上乱跑，冲上地铁，也不管自己踩到了其他乘客的脚，就是为了抢占一个靠玻璃窗的座位。他们吐着舌头,睁大眼睛。他们站起身,亚当模仿着姐姐,而姐姐抓住横栏,假装是在开火车。

在花园里,保姆和孩子们一起奔跑。他们笑得欢快极了,她也很宠他们,给他们买冰激凌,买气球。她给他们拍照片,他们躺在厚厚的落叶上,鲜黄的和血红的落叶。米拉问她,为什么有些树是这种鲜亮的色彩,而旁边或对面的树却仿佛已经腐烂了似的,直接从绿色过渡到了深棕色。路易丝也不知道该怎么解释。"回去问你妈妈。"她说。

在游乐设施上,孩子们因为害怕和欢乐而大叫。路易丝有点晕,车子冲进黑暗的隧道,然后再全速往下冲的时候,她把亚当紧紧抱在膝头。天上有一只气球在飞,米奇变成了一个飞行器。

他们在草地上野餐,米拉嘲笑路易丝,因为她害怕一只离他们几米远的体形巨大的孔雀。路易丝带了一张旧羊毛毯,原本是米莉亚姆卷起来塞在床底下的,路易丝洗干净,又重新织补过。路易丝醒了,亚当贴着她。她有点冷,孩子们可能把毯子拉过去了。她翻了个身,可是她没有看到米拉。她呼唤她。渐渐地,嗓门大了起来。人们都转过身来。人们问她:"夫人,没什么事吧?您需要帮助吗?"她没有回答。

"米拉,米拉。"她把亚当抱在怀里,一边跑一边叫。她找遍了游乐设施,还有玩具气枪的摊位。她的眼里都是眼泪,她想要摇晃行人,问他们看没看见,想要拨开拥挤的、紧紧抓住自己孩子的手的人群。她转过身来往小农庄的方向跑。她的下颚颤抖得太厉害了,以至于叫不出声来。她的脑袋疼得厉害,觉得腿都软了。不出一会儿,她就会瘫坐在地上,一个手势也做不了,一句话也说不出,失去所有能力。

接着她看见了米拉,在大道的尽头。米拉坐在板凳上吃冰激凌,一个女人俯身在她身边。她向孩子冲过去:"米拉,你简直是疯了!你怎么会这样就跑掉?"旁边的陌生女人大概六十来岁的年龄,赶紧抓住小姑娘搂在怀里:"简直是无耻。您刚才做什么呢?您怎么能让她一个人待着?我可以问小姑娘,她父母的手机号。我可不认为他们会欣赏您的行为。"

但是米拉挣脱了陌生女人的搂抱。她推开那女人,向她投去恶毒的一瞥,然后扑向路易丝的双腿之间。路易丝冲她弯下身,把她抱了起来。路易丝亲吻着她冰凉的脖颈,抚摸着她的头发。她望着孩子苍白的脸色,为自己的疏忽感到抱歉。"我的小家伙,我的天使,我的小猫猫。"她轻轻地抚摸着她,吻她,紧紧地把她抱在怀里。

看到孩子在金发的小个子女人怀里缩成一团,上了年纪的女人渐渐安静下来。她不知该说些什么。她望着她们，带着指责的神情摇了摇头。也许她希望看到一出好戏，这样她会觉得好玩。如果保姆发火，如果需要喊孩子的父母来，如果开始的威胁成了真的，那她就有故事好说了。最终陌生女人从凳子上站起身走开，一边还说："好吧，下次您可得小心了。"

路易丝望着离去的老女人，她还回过两三次身。路易丝冲她微笑，心里充满感激。待她略驼的身影远去之后，路易丝将米拉紧紧抱在怀里，越抱越紧。她把小姑娘的上半身整个儿抱在怀里，以至于小姑娘乞求道："好啦，路易丝，我都喘不上气来了。"小姑娘试图挣脱她的怀抱，挣扎，踢她，但是路易丝坚定地不愿松开手。她将双唇贴在米拉的耳朵上，语调平静但没有任何温度："别再跑远了，你听见了吗？你希望被坏人拐走吗？下一次你就会碰到坏人了。你哭也没用，叫也没用，不会有人来的。你知道他会对你做什么吗？知道吗？不知道是吧？他会把你带走，把你藏起来，你就是他一个人的，你再也见不到你爸爸妈妈了。"正当路易丝准备放开孩子的时候，她觉得肩头传来一阵剧痛。小姑娘咬了她，肩膀都被咬出了血。路易丝尖叫起来，并试着推开米拉。米拉的牙齿已经深入她的肉体，撕裂了她。米拉就像一头疯了的野兽，仍然停留在路易丝的怀抱中，贴着她。

这天晚上，她并没有将米拉出走的一幕叙述给米莉亚姆听，还有米拉咬她的事情。米拉也什么都没有说，路易丝甚至都没有警告她，或者威胁她。如今，路易丝和米拉彼此亏欠。因为这个秘密，她们感到从来没有像今天这么牢不可分。

雅 克

雅克喜欢让她闭嘴。他忍受不了她的声音,仿佛在撕扯他的神经。"关了吧,行吗?"在汽车里,她总是忍不住要聊天。她害怕公路,说话能让她平静下来。她自言自语地说着一些无聊的事情,只是在两句话之间稍微喘上口气。她就这么叽叽喳喳的,念叨着街道的名字,或者记忆里的陈芝麻烂谷子。

她知道丈夫要发火了。她很清楚,就是为了让她闭嘴,他才开大了收音机的音量。她知道,就是为了侮辱她,他打开窗,一边咕哝着一边抽烟。丈夫的怒气让她感到害怕,但是她必须承认,激怒他让她感到很兴奋。让他肠子绞起来,将他送到狂怒的状态中,以至于他在路边停下车,抓住她的脖子,低声威胁她,让她永远闭上嘴。

雅克身体滞重,喜欢骂骂咧咧。随着他逐年老去,他变得尖酸、虚荣。晚上，下了班，他要花上一个小时，抱怨单位里的这个或那个同事。如果相信他说的，那么，所有人都想要偷他的东西，操控他，从他这里得到好处。第一次被解雇之后，他坚持向劳资委员会起诉他的雇主，整个过程花去了太多时间和钱。但是最后的胜利让他感觉自己很强大，自此他爱上了诉讼和法庭。不久以后，他发生了一场微不足道的车祸，他觉得可以通过起诉保险公司拿到钱。他起诉一楼的邻居和市政府，起诉楼委会。他整日的时光都在起草那些无法辨识的、充满威胁的信件中度过。他在网上翻遍了司法援助的网站，找寻一点点可能有利于自己的条文。雅克天生一副暴脾气，完全没有节操可言。他觊觎别人的成功，否定他人所有的优点。他甚至还在商业法庭混过整整一个下午，就是为了把自己的快乐建筑在别人的痛苦之上。看到别人突然破产或者遭受命运的打击，他感到很惬意。

"我和你可不一样，"他骄傲地对路易丝说，"我可没有一颗卑躬屈膝的灵魂，只知道收拾小娃娃的粪便和呕吐物。只有老女人才会去做这样的工作。"他觉得自己的妻子极其顺从。如果说晚上，在夫妻生活方面，她的这一特点让他感到兴奋，其他时间里，他可是感到相当恼火。他不停地给路易丝提建议，她装出一副听进去的样子。"你应该让他们给你报销，就这样。""如果不付你钱，你一分钟也不应该多干。""去请个病假,你到底希望他们怎么样?"

雅克太忙了,没时间找新工作。他的时间都扑在那些麻烦事上。他很少离开公寓,他把所有的卷宗摊在茶几上,电视一直开着。那段时间,孩子们的存在对他来说是难以忍受的,他命令路易丝必须上雇主家工作。孩子们的咳嗽声、哭闹声,甚至是笑声都让他觉得愤怒。尤其是路易丝让他倒足了胃口。她的职业如此卑微,成天围着小淘气转,看到这一切,他着实气得发疯。"你,还有你那堆女佣的活儿。"他总是如此重复道。他认为这些事没什么好说的,应该被放置在世界的阴暗角落。人们对此不应该有所知晓,这些和孩子或老人有关的事情。这都是人生最为灰暗的时刻,受到奴役、不停地重复着同样的手势的时刻。在这样的时刻,身体很是可怕,毫无羞耻感,如机械一般冰冷,散发着味道,无处不在。寻求爱,要奶吃的身体。"简直让人愧为男人。"

那段时间,他在电脑上透支购买东西,一台新的电视机,一张可以把靠背降下来睡午觉的电动按摩椅。他在电脑的蓝色屏幕前一坐就是几个小时,带有哮喘的呼吸声充斥着房间。他坐在新的扶手椅上,面前是闪闪发光的新电视,他疯狂地按遥控器上的键,就像一个在一堆玩具中变傻了的孩子。

也许那是一个星期六的下午,因为他们在一起吃的午饭。雅克仍然发出嘶哑的喘息声,但听起来不那么充满活力了。在桌子下，路易丝放了一个盛满冰水的盆子，是雅克用来泡脚的。至今在噩梦中，路易丝仍然会看见雅克发紫的双腿，因为糖尿病而肿胀的不健康的脚踝，她梦见他要求按摩，说不要停下。路易丝确实注意到，已经有好几天了，他的脸色变得蜡黄，眼睛也失去了光彩。她注意到他不喘上一口气，就很难说完最后一句话。她做了炖小牛肘。吃到第三口，正准备开口说话的时候，他全都吐了出来。他的呕吐呈喷射状，就像婴儿一般，路易丝知道情况很危重了，知道有可能他过不了这一关。她站起身来，望着雅克汗涔涔的脸，说："不是很严重，不要紧的。"她不停地说，自责说在调味汁里放了过多的红酒，所以菜味发酸，还愚蠢地说到了胃酸的理论。她不停地说啊，说啊，给出建议，自责，请求原谅。她的声音在颤抖，话语也不连贯，但就是不停地说，这只能更增添雅克已有的恐惧。他的身体就像是在高处踩空了一级台阶，跌了下来，先是脑袋，然后背跌得粉碎，浑身是血。如果路易丝住嘴，他也许会哭，会求她帮帮他，会祈求一点温情。但是路易丝一边收拾盘子和桌布，打扫地板，一边不停地说。

三个月后雅克死了。他就像被遗忘在阳光下的水果，水分都蒸发了。下葬的那天下了雪，一片幽蓝的光线。路易丝就这么变成了孤身一人。

当公证人满怀歉意地对她说，雅克留下的只有债务，她摇摇头。她呆呆地盯着公证人被衬衫领子压住的一颗甲状腺瘤,似乎接受了现状。她从雅克那里继承的只有流产的或是进行到一半的诉讼,还有需要清偿的发票。银行给她一个月的时间,必须离开波比尼的小房子,因为房子已经被查封了。路易丝一个人装的箱。她很小心地收拾了斯蒂芬妮离开后留下的一些物件。至于雅克收集的那些资料,她也不知道有什么用。她想过要付之一炬,就在小花园里。她想,尽管概率很小,但也许火苗会蹿起来,从墙开始,一路从房子蔓延到整条街,甚至整个街区。她生命的这一部分就随之化作烟尘。她倒也不会因此感到不快。她也许就站在那里,小心翼翼,一动不动,就看着火焰如何吞噬她的记忆,吞噬她在空旷、阴暗的街道上走过的那些漫长道路,她和雅克、斯蒂芬妮一起度过的那些无趣的星期天。

但是路易丝拿起自己的箱子,关上门,还反锁好,然后她走了,把承载着记忆的纸箱遗留在小房子的客厅里,里面装着女儿的衣物,还有丈夫的那些个阴谋。

这天夜里,她睡在一个星期前订好的旅店里。她给自己做了三明治,一边吃一边看电视。她吮着无花果饼干,听任饼干在舌尖上溶化。孤独蔓延开来,仿佛一个巨大的缺口,路易丝眼睁睁看着自己掉了进去。孤独粘在她的肌肤上,她的衣服上,开始改变她的轮廓,让她有了像小老太的模样。

当夜晚来临，周围看上去有好几个人的屋子里传出声响，孤独便在她处于生命黄昏时刻的脸上跳跃。光线暗淡下来，种种声动传来，笑声、喘气声，甚至是无聊的叹息声。

就在这间地处华人街区的旅店房间里，她失去了时间的概念。她迷失了，惊慌失措。整个世界都将她遗忘。她睡了很长时间，醒来的时候，双目肿胀，脑袋痛得要命，寒冷已经在房间里渐渐蔓延开来。她只有不得已时才出房间，就是饿得不行的时候。她走在大街上，就好像是错过了的一场电影的背景，她是一个隐形的观众，在一旁观察人们都在干些什么。似乎所有人都知道自己要往哪里去。

孤独就像毒瘾一样发作，她没有把握能够摆脱。路易丝在街头游荡，不知所措。她睁大了眼睛，睁得都痛了。孤独一人，于是她开始看别人。真的在看。他人的存在十分显眼，响亮有力，比以往的任何时刻都真实。她仔细地看，坐在平台上的夫妻每一个细微的动作，被抛弃的老人迂回的目光，坐在长椅椅背上装作复习功课的女大学生的媚态。在广场上，在地铁站口，她看着那些行色匆匆的陌生人。她和他们一起等待约会的来临。每天，她都会碰到疯狂的伙伴，自言自语的人，疯子，流浪汉。

那会儿，城市里到处都是疯子。

冬天来了，日子失去了差别。多雨、冰冷的十一月。外面，人行道上已经起了薄冰。不可能再出门。路易丝试着用别的方法逗孩子们玩儿。她发明了一些游戏。他们唱歌，他们用纸板搭房子。但是日子似乎长得没边。亚当发起了烧，他一直不停地呻吟。路易丝把他抱在怀里，一哄就是将近一个小时，直到他睡着。米拉在客厅里转圈，她也变得神经质了。

"过来。"路易丝对她说。米拉走过来，路易丝从包里拿出一个白色的小箱子，这是米拉梦想了很久的东西。米拉觉得路易丝是天下最美的女人。她就像是去尼斯的时候，飞机上那个金色头发、打扮得美美的、给她糖果的空姐。就算一天忙来忙去，洗碗，在学校和家之间奔走，路易丝还总是那么端庄。她的头发总是一丝不苟地梳在后面。她刷了至少三层的黑色睫毛膏,看上去仿佛是一个受了惊的布娃娃,盯着你。还有她的手,那么温柔,散发着一股花香。而且她手上的指甲油也从来不会剥落。

路易丝有时会当着米拉的面涂指甲油,小姑娘就会闭起眼睛,呼吸着保姆涂的廉价指甲油和去甲水的味道。她涂指甲油的手势很活泼,但从来都不会漫出来。孩子给她迷住了,她望着路易丝,看她摇动着双手,往指甲上轻轻吹气。

如果说米拉能够接受路易丝的吻,那就是为了闻她脸颊上散发出来的爽身粉的味道,为了就近看看她眼皮上亮闪闪的东西。她喜欢在路易丝涂口红的时候观察她。路易丝站在一面镜子前,用一只总是那么完美无缺的手涂,她的嘴唇会拉伸成很奇怪的鬼脸状,然后米拉就会到浴室里去模仿她的动作。

路易丝在白色小箱子里翻着。她拿过孩子的手,在她的手掌里涂上一点她从小罐子里掏出来的红色膏状物。"香吧?"孩子惊奇地瞪大眼睛,路易丝将指甲油涂在她小小的指甲上。玫瑰红色的、劣质的指甲油,散发着一股丙酮的味道。然而对于米拉来说,这就是女性的味道。

"脱掉你的袜子,好不好?"在米拉胖乎乎的、还没完全褪掉孩子形状的小脚上,她涂上了指甲油。路易丝穷尽了白色小箱子里的东西。空气里弥漫着橘红色的粉尘和爽身粉的味道。米拉高兴坏了。现在,路易丝开始给她涂唇膏、蓝色的眼影,再给她的脸颊抹上橘色的胭脂。她让孩子低下头,卷起她又直又细的头发,好不容易整了个发髻。

她们俩放声大笑,笑声那么大,以至于没有察觉到保罗关上门,走进了客厅。米拉笑盈盈的,张开嘴巴和双臂。

"看呀,爸爸。看,这是路易丝帮我弄的!"

保罗惊呆了。今天这么早下班,他本来很高兴,这会儿却感到很揪心,就好像突然间看到了一幕污秽、不洁的场景。他的女儿,小女儿,看起来像个小丑,一个过时的夜场歌女,过了气,容颜尽毁,永远都恢复不了。保罗气得发疯,完全控制不住自己。他讨厌路易丝制造了这一幕。米拉,他的天使,他的蓝色小蜻蜓,简直比集市上的动物还要丑陋,简直比一个歇斯底里的老女人牵着准备出去散步的狗打扮得还要可笑。

"可这是在干什么呀?您怎么回事?"保罗叫道。他用胳膊夹住米拉,把她杵在浴室的凳子上。他洗去米拉脸上的妆容。米拉叫道:"你弄疼我了。"她抽打着,可腮红在孩子透明的皮肤上晕染开来,更黏腻了,令人生厌。保罗觉得自己把孩子弄得更不像样子,于是火气更大了。

"路易丝,我警告您,我再也不要看到类似的事情发生。这种东西让我感到恐怖。我可不想教会我的孩子那么粗俗的东西。她还太小,怎么能打扮成……您知道我想说什么。"

路易丝站着,站在浴室门口,手里抱着亚当。虽然父亲在吼,很激动,亚当倒是没有哭。他只是冷冷地、怀疑地看着保罗,就好像自己已经选择了阵营,他选择站在路易丝这一边。路易丝听保罗说。她没有垂下眼睑,她没有请求原谅。

斯蒂芬妮也许死了。路易丝有时也会这么想。她也许早就应该终止斯蒂芬妮的生命。在斯蒂芬妮还是一颗卵子的时候就杀死她。这甚至不会有人察觉。没有任何正当理由指责她。如果早一点清除斯蒂芬妮，这个世界甚至会因此而感谢她。她可以以此证明她的公民意识，她的明智。

路易丝二十五岁，有天早晨醒来，她感到乳房沉甸甸的，有些疼。她和这个世界之间插入了一种新的忧伤。她知道事情不妙。那时她在弗兰克先生家工作，那是个画家，和母亲生活在一起，住在十四区一座颇为奇特的府邸。客厅里，走廊的墙上，还有房间里，都挂着巨幅的变形女人的肖像画。路易丝经常会停下来，望着画上因为痛苦或是狂喜而瘫作一团的身体，画家就是以这样的画作成名的。路易丝也说不上她是不是觉得这些画很美，但是她喜欢。

弗兰克先生的母亲热纳维耶芙在下火车的时候折断了股骨颈。她再也走不了路了。在站台上，她就已经失去了理智。她只能躺着生活，大部分时间都光着身子，睡在底层一间明亮的房间里。给她穿衣服实在太费劲了，她带有一种极大的恶意抗争，于是就只好让她躺在散开的尿布上，乳房和生殖器暴露在众目睽睽之下。这具被弃的身体所呈现的场景可怖极了。

弗兰克先生开始聘用的是专业护士，价格昂贵。但是护士一直抱怨老妇人的任性。她们给她服用安眠药。儿子觉得这些护士冷淡、粗鲁。他希望给自己母亲找个朋友、奶妈，总之是个温柔的女人，能够倾听她那些疯狂的念头，不翻白眼，也不叹气。路易丝那时当然很年轻，但是她非常有力气，这给弗兰克先生留下了深刻印象。第一天，她走进房间，一个人就将这具如同石板一样沉重的身体抬了起来。她给她擦洗身体，不停地说，热纳维耶芙这次竟然没有叫。

路易丝和老妇人一起睡。她给她洗澡，听她夜晚的胡话。热纳维耶芙和婴儿一样，害怕黄昏的来临。光线暗淡下去，阴影和静谧就会使她发出恐惧的叫声。她已经患了黄昏恐惧症。她祈求四十年前就已经死去的母亲来带她走。睡在病床旁的路易丝试图让她理智起来。那个老女人就骂她，骂她是鸡、母狗、杂种。有时，她还想揍路易丝。

后来，路易丝睡得比以往都沉。热纳维耶芙的叫声不再能够搅扰到她，她再也没有力气给老女人翻身，或是把她放到轮椅上。她的胳膊就像是萎缩了一般，背疼得要命。有天下午，夜幕降临，热纳维耶芙又开始了她那些谵妄的祈祷，路易丝来到弗兰克先生的画室，和他谈起自己的情况。令路易丝意外的是，画家进入了一种狂怒中。他猛地关上门，走近她，灰色的眼睛盯着她的双眼。有一瞬，她甚至觉得他会伤害她。但是他笑了。

"路易丝，像您这样的单身女人，勉强挣钱糊口，一般是不要孩子的。我可以和您谈谈我的感觉，我觉得您这样做就是不负责任。您这样瞪着眼睛，带着愚蠢的微笑，向我宣布这个消息。您到底要什么？要我们开瓶香槟？"他在偌大的房间里，在一堆没有完成的画作间踱来踱去，手背在后面，"您觉得这是个好消息吗？您难道一点良知也没有吗？我想要告诉您：是您的运气好，碰到了我这么一个雇主，愿意帮助您改善处境。换了别人，早就把您赶出门去，要多快有多快。而我把母亲交给您，那可是在这世界上对我来说最重要的人，可我发现您实在是很鲁莽，很不现实。我才不管您闲下来的晚上都干些什么。您的轻浮和我无关。但是生活并非节日。您打算拿您的孩子怎么办？"

实际上，弗兰克先生并非完全不在乎她星期六晚上干什么。他开始向她提问,越来越坚持。他想要摇她,扇她耳光,让她承认,让她告诉他,不在他眼皮底下,不在热纳维耶芙床头的时候,她都干了些什么。他想要知道,孩子是在怎样的爱抚下到来的,路易丝投向了怎样的欢床,在哪里发出淫荡的笑声。他不停地问,谁是孩子的父亲,长成什么样子,她在哪里遇见的他,他究竟想干什么。但是路易丝岿然不动,只用一句话来回答:"没谁。"

弗兰克先生一切尽在掌握。他说可以领她去医生那里,说手术的时候可以等她。他甚至还保证说,只要一切结束,他可以和她签一个符合法律规定的合同,可以把钱打到她的账户上,她还可以享有带薪的休假。

手术那天,路易丝早晨没能醒,于是她错过了手术。斯蒂芬妮就这么强迫性地来了,在她身体里翻腾,抻着她的身体,撕扯着她的青春。她就像在潮湿的树林里生长起来的一棵蘑菇。路易丝没有再回弗兰克先生家。她自此再也没有见到过老妇人。

关在马塞家的小公寓里，有时路易丝觉得自己简直要发疯。好几天了，她的脸颊和手腕都是红红的。路易丝不得不把手和脸浸入冰水里，平息一下仿佛要吞了她的火气。在这个冬天漫长的日子里，一种巨大的孤独感让她窒息，时时被惶恐折磨。她于是走出公寓，关上门，迎着寒冷，把孩子带去街心公园。

街心公园，冬天的下午。蒙蒙细雨扫荡着枯叶。在公园长椅上、隐秘的小径上，被世界抛弃的人随处可见。他们逃离狭小的公寓，悲伤的客厅和无聊的、了无生气的扶手椅。他们情愿在露天的地方瑟瑟发抖，弓着背，抱着膀子。下午四点，恹恹的日子似乎永无尽头。总是在下午过半之时，我们会发现时间被糟蹋了，开始为即将到来的夜晚感到焦虑。

在这样的时刻,我们总是为自己一天无所事事而羞愧。

街心公园,冬天的下午,到处都是流浪汉,无所事事的人,失业者和老人,病人,游荡的人,危险的人。不工作的人,不生产的人,不挣钱的人。当然,到了春天,情人们便回来了,那些地下夫妻在椴树下,在各种花繁叶茂的小空间里找到了小窝,游客们给雕塑拍照。可冬天是另外一回事。

在冰凉的滑梯边,是保姆和成群的孩子。小孩子们包着厚厚的羽绒服,放不开手脚,跑起来简直就像日本玩偶。他们流着鼻涕,手指冻得发紫。呵气成霜可把他们给迷住了。还有手推车里的婴儿,穿着厚厚的衣服,在欣赏比他们大的孩子。也许有的孩子觉得忧伤,觉得不太耐烦,也许是迫不及待地希望自己也能爬上木秋千暖暖身子。想着如何能逃离那些女人的监管,他们就急得跺脚,而那些女人总是要抓住他们,手或坚定或粗暴,或温柔或疲软。这些在冰冷的冬天里身着长袍的女人。

这当中也有母亲,目光迷离的母亲;因为最近才分娩,仍然停留在世界的边缘,此刻坐在长椅上,觉得肚子仍然松弛。痛苦的、分泌的身体,散发着奶的酸味和血的味道的身体。她们拖着这堆肉,既不能为这具身体提供照顾,也不能为之提供休憩。有少数几个母亲笑盈盈的,光彩照人,可是这类母亲实在太少了,所有孩子都贪婪地看着她们。早晨不用和孩子告别的母亲,不用把孩子交到别人怀抱里的母亲。因为某个特殊假期,偶尔能够来到这里的母亲,总是对这天加以充分利用,她们是带着一种奇怪的激情在这平庸的冬日里来到公园的母亲。

公园里也有男人,但男人们更倾向于聚集在广场的长椅周围,女人们则偏爱在沙盘周围,守着孩子,她们构成了一道密不透风的墙、不可跨越的防护栏。流浪汉,或是对这些规规矩矩的女人感兴趣的男人让人怀疑。倘若有人冲着孩子笑,望着他们胖乎乎的脸颊和小腿,那就得把他给打发走。老奶奶们经常感叹这一点:"今天有那么多恋童癖。在我们那个时代可没有。"

路易丝不让米拉离开她的视线。米拉跑来跑去,从滑梯到秋千。她一刻也不停,这样才不会冷。她的手套全湿了,于是她就往玫瑰红的大衣上擦。亚当在手推车里睡着了。路易丝给他包好被子,轻轻抚摸着他的颈部,他的羊毛软帽与羊毛衫之间的颈部。太阳冰冷,发出金属般的光芒,照得小亚当皱起了眼睛。

"你也来一点?"

一个年轻女人在路易丝身边坐下,双腿叉开。她向路易丝伸过一个小盒子,里面是黏糊糊的蜂蜜点心。路易丝看看她。她应该二十五岁不到,笑起来的样子有点俗。黑色长发脏兮兮的,也没好好梳起来,但是能猜想,她打扮一下应该挺好看,无论如何应该有些魅力。她的体形丰满,看起来颇性感,有点肚子,屁股很厚实。吃点心的时候,她张着嘴,还粗鲁地吮吸着沾满蜂蜜的手指。

"不,谢谢。"路易丝做了个手势,谢绝了她的点心。

"在我们那里,总是会和陌生人分享食物。可在这里,每个人都只吃独食。"一个四岁左右的小男孩跑近年轻女子,她往他嘴里塞了块点心。小男孩笑了。

"这对你有好处,"她对他说,"这是个秘密,好吗?别和你妈妈说。"

小男孩叫阿尔封斯,米拉很喜欢和他一起玩。路易丝每天都到这个街心公园来,每天都要谢绝瓦法递过来的油腻点心。她也禁止米拉吃,但瓦法倒也不会因为这个不高兴。年轻女人很健谈,她坐在长椅上,屁股贴着路易丝,向她讲述自己的生活。她谈的多是男人。

瓦法看起来就像那种体形巨大的猫,不太灵活,但足智多谋。她没有身份,但好像也不太担心。多亏了一个老男人,她才得以来到法国,因为她在卡萨布兰卡[①]一间可疑的

---

① 摩洛哥西部历史名城,今名达尔贝达。

酒店里给他做过按摩。男人先是抓住她的手,那么柔软的一双手,接着上了唇,再接下去是臀部,然后是全身;她就把自己给了他,按照自己的本能,还有母亲给出的建议。老男人将她带到巴黎,他住在一间可怜的公寓里,靠政府补贴过日子。"他害怕我怀孕,他的孩子们撺掇他把我赶了出来,但是那个老男人其实是希望我留下来的。"

尽管路易丝一言不发,瓦法还是对着她讲啊,讲啊,就像是在向神父和警察交底。她向路易丝讲述了一段永远不可能被记录在案的生活的种种细节。从老男人家出来了之后,一个女孩收留了她,帮她在一个无身份穆斯林年轻女性网站上登了记。有天夜里,有个男人约她在郊区的麦当劳见,那个家伙觉得她挺漂亮的。他支付了预付款。他甚至想要强奸她。不过她成功地将他安抚下来。于是他们开始谈钱。约塞夫同意,如果她出两万欧元,他就娶她。"不贵,这可是法国身份。"他解释道。

她在一对美法夫妻那里找到了工作。他们对她很好,尽管他们要求有点高。他们帮她在离家一百米的地方租了间保姆房。"他们付房租,但是作为交换,对于他们提出的要求,我从来不能拒绝。"

"我挺喜欢这个小家伙的。"她盯着阿尔封斯说。路易丝和瓦法都没说话。一阵寒风扫荡了街心花园,她们都知道是该回去的时候了。"这个小可怜,看看他,给他穿衣服的时候,他动个不停。如果感冒了,他妈妈就会杀了我。"

瓦法有时会害怕自己将在这样的公园里老去,感觉到自己的膝盖在冰凉的长椅上吱嘎作响,甚至连举起一个孩子的力气都没有。阿尔封斯总要长大的。他的脚再也不会在冬日的下午迈进这样的公园一步。他会去有太阳的地方。他会去度假。也许有一天他会住进大酒店,就是她替男人按摩的那种大酒店。这个她养育大的孩子会叫来她的姐妹或是表姐妹为自己服务,就在黄蓝方格相间的台子上。

"你瞧,一切都会翻转过来,颠倒过来。他的童年和我的老年。我的青春和他作为男人的生活。命运如同爬行动物一般恶毒,在坡上,它总是把我们逼到不好的一边。"

雨开始下,该回去了。

对于保罗和米莉亚姆来说,这个冬天似乎溜得特别快。一连几个星期,夫妻俩都很少见面。他们在床上会有一点交错的时间,往往一个上床的时候,另一个早已沉入梦乡。被子下他们的脚碰在一起,吻落在颈项间,听到另一个因为睡梦被惊扰而发出小动物般的嘟囔声,这一个就会笑个不停。他们在白天互通电话,互相发短消息。米莉亚姆写很多充满爱意的小纸条,贴在浴室的镜子上。保罗在半夜里给她发彩排的视频。

生活成了一系列需要完成的任务和需要履行的承诺,再就是不能错过的约会。米莉亚姆和保罗精疲力竭,就好像他们之所以这般永远不辞劳苦,是因为这是成功的前兆。他们的生活太满了,几乎没有给睡眠或是停下来欣赏点什么留出时间。他们从一个地方跑到另一个地方,在出租车上换鞋子,与职业生涯中的贵人交杯换盏。他们俩的事业都上了轨道,有明确的目的、进账和负荷。

家里到处都能看到米莉亚姆写的清单,餐巾纸,报事贴,或是某本书的最后一页。她花了不少时间在找。她很怕被自己随手扔了,就好像这样她会丢掉线索,从而忘记她要完成的任务。她还保留着很早以前写的清单,越读越伤感,因为有时她也不知道这些模糊的记录究竟指什么事情。

——药店
——给米拉讲尼尔斯
——预订希腊旅行
——给 M 电话
——重新读所有的笔记
——再去看看那个店。买裙子?
——重读莫泊桑
——给他一个惊喜?

保罗感到很幸福。这一次,他的生活似乎满足了他的期待,满足了他疯狂的精力和他生活的乐趣。他这么一个在自由空气中长大的孩子,终于可以施展才华了。几个月的时间里,他的视野经历了真正的转折。平生第一次,他眼下正做的事情就是他喜欢的。他不再虚度时间讨好别人,听从别人的命令,不再沉默,面对歇斯底里的制作人、小孩子气的歌手。他忘了那些日子,需要成日成日地等待某些迟到六个小时也不会通知一声的乐队,忘了那些给过气歌手录制的场面;为了一个音符,那些个歌手往往需要几升酒精,换上十几个音轨。保罗经常在他的工作室过夜,沉浸在音乐里,不断有新的想法,爆发出疯狂的笑声。他要控制好一切,经常花上几个小时纠正小鼓的声音,或是电池的装配。"反正有路易丝!"每次妻子为两个人都不在家而感到焦虑的时候,他就会那么说。

米莉亚姆怀孕的时候,他高兴得发疯,但是他也向朋友们预告说,他可不希望自己的生活因此而改变。米莉亚姆也觉得他是对的,她望着自己的男人,那么健美、那么英俊、那么独立,目光中含有更多的欣赏。他曾经答应过她,他会努力的,要让他们的生活一直光彩熠熠,要让她一直能够为两人的生活保有很多的惊喜。"我们去旅行,就把小东西夹在胳膊下。你会成为一个大律师,我会制造出饱受赞誉的艺术家,而且一切都不会变。"他们假装守住了局面,他们为此而斗争。

米拉出生后的几个月里,生活变得有些悲剧性了。米莉亚姆藏起她的黑眼圈,还有她的悲伤。她害怕承认自己总是睡不够。那会儿,保罗开始问她:"你在想什么呢?"每每如此,她就想哭。他们请朋友到家里来,米莉亚姆需要极其克制,她真想把他们赶出去,掀翻桌子,锁上房门。伙伴们笑啊,举起杯子,保罗为他们再次斟满。他们讨论个没完,米莉亚姆则在一旁担心,因为女儿要睡觉了。因为疲倦,她真的差点大叫大喊。

生了亚当以后,一切变得更加糟糕。分娩回来的那一晚,米莉亚姆在卧室里睡着了,透明摇篮放在身边。保罗却毫无睡意。他觉得公寓里弥漫着一股奇怪的味道,和宠物店的味道一样,就是有时周末他们领米拉去散步时在河岸两边经常看见的宠物店。分泌物和空气不流通的味道,狗窝里尿渍的味道。这味道让他有种揪心的感觉。他起身倒了垃圾,打开窗户。但他很快意识到是米拉翻出了厕所里早就满了的所有东西,扔得到处都是,于是公寓里弥漫着这股腐烂的味道。

那会儿,保罗觉得自己掉入了一个陷阱,几乎被加诸自身的这些义务给压垮了。他觉得自己喘不上气,以前他之所以受到朋友们的欣赏,就是因为他的自由自在,他那雷鸣般的大笑,对未来的自信。他,金发,高而瘦,走过的时候,姑娘都会转过头来看他,而他根本不会注意到她们的存在。可是他现在再也没有疯狂的念头，周末不再有爬山的计划，或是驾车去海边吃牡蛎。他克制自己的激情。在亚当出生后的几个月里，他开始想办法不回家。他编造公务约会，其实是躲在离家很远的那些地方独自一个人偷偷喝啤酒。他的伙伴们也都做了父亲，大多数人已经离开巴黎搬到郊区、外省或是欧洲南部某个温暖的国度。有好几个月，保罗又变回一个孩子，不负责任，相当可笑。他有了秘密，想要逃离。可是他对自己也难以容忍。他知道自己的态度太平庸不过。他想要的不过是不回家，得到自由，要活着，他原来没怎么为自己活过，等意识到这一点，已经太晚了。父亲这件衣裳对他来说实在太大了，也太过悲伤。

但是如今一切已然如此，他不能说他不想要这种生活了。孩子们在那儿，很讨人喜欢，令人欣赏，他从来没有怀疑过这一点，但是疑虑还是悄悄渗入，无处不在。孩子们，他们的味道、手势，他们对他的渴求，这些都让他极为感动，感动到无法描述的程度。有时，他真想和他们一起做回孩子，和他们一般高，融化在他们的童年中。某种东西死了，不仅仅是青春和无忧无虑。他不再无用。他被需要，而且他必须被需要。成为父亲的同时，他有了原则，变得明确，而这是他此前发誓不要的东西。他不再那么慷慨。他迷恋的事物渐渐降了温。他的世界渐渐变小了。

现在有路易丝了,保罗又开始和妻子约会。有天下午,他给她发了条短信:"小神父广场见。"她没回,他觉得她的沉默美妙极了,仿佛是一种礼貌,一种爱的沉默。他提前一点到了广场,心都在颤抖,他有点焦虑。"她会来的,她当然会来的。"她来了,他们一起在河岸漫步,就像以前一样。

他知道路易丝对他们的生活来说必不可少,但是他实在有些受不了她了。她那玩具娃娃般的体态,欠揍的脑袋。她让他感到恼火,让他有些神经质。"她如此完美,如此柔弱,有时我简直觉得有些恶心。"有一天他和米莉亚姆承认道。他很害怕她小女孩般的身影,她那种对孩子们的每个动作都进行分析的方式。他看不上她那些关于教育的阴暗理论,还有祖母式的方法。他嘲笑她发往他手机的那些照片——每天十次,照片上,孩子们微笑着竖起空空的盘子,还有她的评论:"我全吃掉了。"

自化妆小插曲后,他尽可能少和她说话。那天晚上,他甚至产生了辞退她的念头。他给米莉亚姆打了电话,想要和她讨论一下这件事。米莉亚姆在办公室里,她没时间听他说。于是他等她回家,大约十一点的时候,听到妻子关上门,他和她讲了那天看到的场面,路易丝望着他的眼神,路易丝冰冷的沉默和骄傲。

米莉亚姆让他理性一点。她不认为事情有那么严重。她指责他太难相处,竟然还发了火。不管怎么样,她们总是同盟,和他反着来,就像两头熊。谈到孩子,她们总是表现出一种高高在上的样子,这让他感到恼火。她们之间有一种母亲的默契。她们让他像个孩子。

西尔维娅,保罗的母亲,嘲笑他们说:"你们两个好像是大老板和他们的管家似的。你们做得有点过了吧?"保罗听了后很恼火。他的父母一直教育他,蔑视金钱和权力,要尊重——多少有点造作——比他低微的人。历来他一直带有一种松弛的心情工作,在他眼里同事们和自己都是平等的人。对老板,他总是以"你"相称。他从来没有给人下过命令。

但是路易丝让他变成了老板。他很擅长给妻子提一些可鄙的建议。"别做太多的让步,否则她会不断提要求。"他对她说,伸出双臂,手从她的腕部抚上她的肩膀。

浴缸里，米莉亚姆和儿子一起玩耍。她把他抱在大腿间，抱得紧紧的，爱抚他，以至于亚当哭着想要挣脱。她忍不住在他胖乎乎的小身体上印满了自己的吻，他天使般完美的身体。她盯着他看，听凭自己沉浸在一种略有些扎人的母爱之中。她对自己说，很快她就不能这样了，不能和他如此坦诚相对。等孩子大了，这类事情就没的做了。再说，可能比她所能想象到的还要快，她很快就会老去，而他，这个笑嘻嘻的、受到万般宠爱的孩子就会成长为一个男人。

给他脱衣服的时候，她注意到有两个很奇怪的印记，手臂上和背上，在肩膀的位置。两块红色的瘢痕，已经快消退了，但是隐约可以猜出是牙印。她轻轻地吻了吻伤口，把儿子抱在胸前。因为她不在，受到这样的伤害，她请求他原谅，对他百般安慰。

第二天早上，米莉亚姆和路易丝谈起了这件事。路易丝才刚刚进门。她甚至还没来得及脱下大衣，米莉亚姆就把亚当的小胳膊伸到她面前。路易丝似乎一点也不吃惊。

她耸了耸眉毛，挂好大衣，问道："保罗送米拉去学校了吗？"

"是的，他们才走。路易丝，你看见了，这是咬的，不是吗？"

"是的，我知道，我在瘢痕上涂了点油。是米拉咬的。"

"您确认吗？您在场？您看见了？"

"我当然在场。他们俩都在客厅里玩，我在准备晚饭。然后我就听见亚当在叫。他哭了，这个小可怜，开始的时候我还不明白究竟是怎么回事。米拉隔着他的衣服咬的他，所以我没有立刻明白是怎么回事。"

"我不明白。"米莉亚姆说，吻着亚当光秃秃的脑袋，"我问过米拉好几次，是不是她咬的，我甚至对她说，我不会惩罚她的。她发誓说她不知道这牙印是怎么一回事。"

路易丝叹了口气。她低下头，似乎在犹豫。

"我答应过什么都不说，想到要背叛对一个孩子的承诺，让我觉得很尴尬。"

她脱了黑色背心，解开她的衬衫裙，露出肩膀。米莉亚姆冲她探过身去，她没有办法克制住自己的惊奇和恶心。她呆呆地盯着路易丝肩头的棕色痕迹。瘢痕已经有些时日,但是可以清楚地看到小牙齿已经深入肌肉,咬破了。

"是米拉干的?"

"听着,我答应过米拉什么都不说的。我请求您不要和她说。如果我们之间的信任不复存在,我想她会更不知所措的,您觉得呢?"

"啊。"

"她有点嫉妒弟弟,这也很正常。您让我来处理吧,行吗?您瞧着,一切都会好起来的。"

"是的,也许吧。但是真的,我不明白。"

"您不应该试图弄明白一切。孩子和大人一样,根本弄不懂。"

就在米莉亚姆告诉路易丝,他们要去保罗父母家的乡间别墅过一个星期的时候,她的脸色多么阴郁啊!后来米莉亚姆想起那场景,不禁不寒而栗。路易丝的阴郁目光中仿佛掠过了暴风雨一般。那天晚上,路易丝没有和孩子们打招呼就走了,像一个幽灵,谨慎得可怕。她甩上了门,米拉和亚当都说:"妈妈,路易丝消失了。"

几天以后,到了出发的时刻,西尔维娅过来接他们。这又是一个突发事件,路易丝没有任何心理准备。兴高采烈、想一出是一出的奶奶一边嚷嚷着一边进了公寓。她把手袋往地上一扔,便和小家伙们一起滚上了床,她向他们保证,他们将有一个星期的节日,玩游戏,想吃什么就吃什么。看到婆婆像个小丑一般,米莉亚姆笑了起来,可她一转头,看见路易丝站在厨房里望着他们。路易丝面色惨白,黑眼圈似乎又深了几分。她似乎在嘟囔着什么。米莉亚姆走近她，但是路易丝已经蹲下身来，把箱子合上。后来米莉亚姆在想，也许是自己没看清。

米莉亚姆试图让自己理性一点。她没有产生罪恶感的理由。她又不欠保姆什么。但是，她也不知道为什么，就是觉得自己从路易丝手上夺走了孩子，拒绝了她的什么要求，甚至惩罚了她。

也许是因为通知她有点晚，路易丝才觉得不太高兴的吧，这样她无法安排自己的假期。或者只是因为孩子们要和西尔维娅一起过些日子，毕竟她已经和孩子们很亲了。每次米莉亚姆抱怨自己婆婆的时候，路易丝都好像要发火的样子。她带有一种狂热的激情站在米莉亚姆一边，指责西尔维娅是个疯子，歇斯底里，给孩子们带来了很不好的影响。她挑唆自己的老板，不能听凭她婆婆想干什么就干什么。更糟糕的，她还挑唆米莉亚姆让自己的婆婆离孩子远点。在这样的时刻，米莉亚姆一方面觉得有人给她撑腰，但另一方面又觉得哪里有点不对劲。

在汽车里，正要发动时，保罗摘下了左腕上的手表。

"能把它放在你的包里吗？"他问米莉亚姆。

两个月前，他给自己买了这块表，因为和一个著名的歌手签了约。这是一块二手的劳力士,朋友转给他的,价格很合理。保罗很犹豫要不要买。他很想要,觉得表很完美,但又因自己这种拜物心理,这种无聊的欲望而感到些许惭愧。第一次戴上的时候,他觉得很漂亮,可又觉得实在大得夸张。表很重,闪闪发光。他不停地拽拽袖子,想要把表藏起来。但是很快,他就习惯了左臂上承担的这份沉重。实际上,这是他拥有的唯一的奢侈品,本身并不过分到哪里去。再说,他也确实有权利让自己快活些,又不是他抢来偷来的。

"为什么要把手表摘下来呢?"米莉亚姆问他,她知道他有多么珍惜这块表,"表不走了吗?"

"没有,表走得很好。但是你不知道我妈妈。她不会理解的。我可不想因为这个和她吵一个晚上的架。"

他们在夜幕初临的时候到达冰冷的家,其中一半的房间还在施工。厨房的天花板好像要掉下来似的。浴室里,电线裸露着。米莉亚姆很担心孩子们。他们到哪里,她就跟到哪里,眼里饱含着惊恐,双手伸着,随时准备在他们摔倒的时候把他们扶起来。她在这个家里走来走去,随时中断孩子们的游戏。"米拉,再来穿件毛衣。""亚当呼吸有点困难,您没觉得吗?"

有天早上,她冻醒了。她往亚当冰凉的小手上吹热气。

米拉脸色苍白,她很担心,叫她在室内也必须戴着帽子。西尔维娅没有说什么。她本想让孩子们野一点,任性一点,因为平日里他们不可能这样。她不会像孩子的父母那样,平常不在,就用轻浮的礼物补偿他们。她不太注意自己的用词,所以经常招致保罗和米莉亚姆的指责。

为了让儿媳妇不痛快,她称孩子们是"从鸟窝里掉出来的小鸟"。她认为他们在城市生活,周围都是粗鲁的人,而且还有污染,她喜欢对他们遭受的这一切表示同情。她想要扩大孩子们的视野,而社会想要将孩子们培养得中规中矩,一方面奴性十足,另一方面却又总是自说自话。总之,把他们培养成了胆小鬼。

西尔维娅向她发起攻击。米莉亚姆尽可能地忍住,不和她谈孩子的教育问题。几个月以前,两个女人之间起了很大的争执。时间虽然流逝,但不足以忘记争吵的性质,而每当两个女人再次遇见,争吵时的那些话依然在米莉亚姆的耳边回响。那天大家都喝多了。喝得太多。米莉亚姆动起感情来,她希望西尔维娅能够竖起同情的耳朵。她抱怨自己很少看见孩子,抱怨自己所承受的这种疯狂的存在,所有人对她都是那么苛刻。但是西尔维娅没有安慰她。她没有将手放在米莉亚姆的肩头。正相反,她将矛头对准了儿媳,向她发起攻击。她的武器看上去已经磨得很快,只要机会来到,马上就拿了出来。西尔维娅指责她投入太多时间在自己的职业上,虽然她在保罗小的时候一直是工作的,而且总是炫耀这一点。她认为米莉亚姆不负责任,太过自私。她掰着手指头历数她出差的次数,甚至亚当还在生着病,或是保罗才录完一张唱片。这是米莉亚姆的错,她说,如果说孩子们变得让人难以忍受,变得专横、任性,那都是她的错。她的错,路易丝的错,那个劣等的保姆,母亲的代用品,米莉亚姆却因为好心,因为怯懦而如此信任她。米莉亚姆哭了起来。保罗目瞪口呆,什么也没有说,而西尔维娅举起胳膊重复道:"她这会儿还哭了!瞧瞧她。她哭了,我们应该同情她,因为她没有能力了解真相。"

每次米莉亚姆见到西尔维娅,关于这个晚上的记忆都会让她喘不过气来。她感觉在这个晚上,她被杀死了,扔在地上,身中无数刀。她尸体横陈,肠子都露了出来,就当着她丈夫的面。面对这些指控,她没有力气自卫,她知道在某种程度上指控是真实的,但是她觉得这就是她的命,也是很多其他女人的命。没有一刻能有地方容得下她,给她温暖。没有一点建议,可以从一个母亲传给另一个母亲,从一个女人传给另一个女人。

早饭的时候,米莉亚姆的目光在她的手机上逗留。她想要查查邮箱,然而网络慢得令人绝望,她气得发疯,简直想把手机扔到墙上。她歇斯底里地威胁保罗说要回巴黎。西尔维娅抬起眉毛,很明显已经不胜其烦。她梦想中的儿媳是另一个样子,更温柔,更矫健,更孩子气一点。应该是一个喜欢大自然,喜欢山间漫步的姑娘,一个不会抱怨这座可爱的房子不舒服的姑娘。

很长时间里,西尔维娅总是在重复讲述自己年轻时候的故事,她过去所投入的政治事业,她的革命伙伴。随着年龄的增长,她变得温和了。她知道没有人在乎她那些晦涩的理论,说这个世界被收买了,都是十足的蠢货,都是在荧屏前,吃着屠宰场的肉长大的。而她,在他们那个年龄的时候,梦想的就是革命。"我们或许真的是有点天真。"她丈夫多米尼克进一步说道。看到她不幸福,他有些悲伤。"天真,也许吧,可是我们没那么傻。"她知道丈夫根本不明白她的理想,一切都走偏了。他只是出于善意,倾听她诉说自己的失望和恐惧。看到儿子变成这样,她感到很是可悲:"你还记得吗,他曾经是一个多么自由的小男孩?"可如今在他妻子的操纵下,变成金钱和虚荣的奴隶。很长时间里,西尔维娅寄希望于两性之间的战争,认为到了她孙辈这一代,可以诞生出一个完全不同的新世界。一个我们可以有时间生活的世界。

"我亲爱的,你太天真了。女人,"多米尼克对她说,"和其他人一样,都是资本主义者。"

米莉亚姆在厨房里来回踱步,紧盯着自己的手机。为了缓和气氛,多米尼克提议大家出去走一走。米莉亚姆也软了下来,给孩子穿上了三层毛衣,围上披肩,戴上手套。一走出家门,脚踏入雪中,孩子们便奔跑起来,心醉神迷。西尔维娅带了保罗和他哥哥帕特里克小时候用过的两个旧雪橇。米莉亚姆尽量不去担心,但看到孩子们沿着山坡滑下来,她简直不能呼吸。

"他们会摔断脖子的。"她想,她会因此大哭。"路易丝就会理解我的想法。"她不停地重复道。

保罗很激动,他鼓励米拉,米拉冲他招手,说:"瞧,爸爸。你看,我会滑雪橇了!"他们在一间很迷人的小饭店吃中饭,壁炉里的炉火噼啪作响。他们在远离壁炉的地方坐了下来,靠着窗。窗外,太阳的光芒映衬着孩子红扑扑的小脸蛋。米拉喋喋不休地讲个不停,大人们都在嘲笑小姑娘的滑稽动作。亚当第一次胃口那么好。

这天晚上,米莉亚姆在孩子们的房间里陪伴着两个精疲力竭的孩子。米拉和亚当很安静,四肢已经疲劳到极点,但灵魂里满满的都是发现的快乐。父母在他们身边流连到很晚。保罗席地而坐,米莉亚姆坐在女儿床边。她温柔地替她盖好被子，抚摸她的头发。这么长时间以来还是第一次，父母一同哼起他们在米拉出生时学的一支摇篮曲，词曲都牢记在心，米拉小的时候，他们总是两人合唱。孩子们的眼皮已经沉沉合上，但是他们依然唱着，希望歌曲能够陪伴他们的美梦。就这样，不想离开。

保罗没敢告诉妻子，但是，这天夜里，他才觉得松了口气。自打来到这里就一直萦绕在他胸口的一块大石头落下了。在半梦半醒之间，因为寒冷，他有些麻木，他模模糊糊地梦到自己回到了巴黎。他梦到家变成了一个鱼缸，里面满是发霉的藻类，一个动物的窝，空气闭塞，里面都是毛茸茸的动物，一边嘶嘶叫着一边转圈。

回家的路上，他很快忘了这些阴郁的念头。客厅里，路易丝摆了一束大丽菊。晚饭准备好了，床单散发着洗衣液的味道。睡了一个星期冰冷的床，在厨房的餐台上吃了一个星期乱七八糟的饭，重新找回的家庭幸福令他们感到如此幸福。根本不可能，他们想，根本不可能摆脱她。他们的样子就像被宠坏的孩子，像已经被驯化的猫。

保罗和米莉亚姆走了才几个小时,路易丝就立刻折返回来,沿着高街往上。走进马塞家的公寓,她打开米莉亚姆关上的百叶窗,换下所有床单,清空橱子,清扫了架子。她使劲晃动着米莉亚姆拒绝丢掉的柏柏尔毯,用吸尘器把家里吸了个遍。

工作完成,她坐在沙发上,昏昏欲睡。一个星期她都没有出过门,她一整天都待在客厅,开着电视。她从来不会在保罗和米莉亚姆的床上睡觉。她就在沙发上生活。因为不想消耗家里的什么东西,所以就把冰箱里找到的东西吃了,然后还用了点食品储藏柜里的罐头,米莉亚姆应该早就忘了这些罐头的存在。

烹饪类的节目之前有新闻、游戏、真人秀,还有把她逗得不轻的脱口秀。电视里正放着《犯罪现场》节目,她睡着了。

有天晚上,她追了一集,讲的是有个男人死在自己位于山间出口处的房子里。百叶窗关了好几个月,信箱里的邮件多得都塞不下了,然而却没有人想过这房子的主人究竟是怎么回事。一直到有一次疏散街区住户的时候,消防队队员才打开门,发现这具尸体。因为房间比较凉,加上幽闭的空气,尸体变成了木乃伊。旁白好几次强调说,如果不是依靠冰箱里酸奶的保质期——好几个月以前——根本无法确定这个男人的死亡时间。

有一个下午,路易丝惊醒了。她睡得如此深沉,醒来时如此悲伤,不知所措,肚子上都是泪水。在那深沉、黑暗的睡眠中,她看到自己死了,浑身都是冷汗,奇怪的精疲力竭。她很激动,站起身来,拍自己的脸。她的脑袋很疼,眼睛几乎睁不开来。咚咚的心跳声也是那么分明。她在找寻自己的鞋子。她在拼花地板上滑行,怒气冲冲地哭着。她已经迟了,要让孩子们等了,学校会打电话的,幼儿园会通知米莉亚姆,说她没来。她怎么会睡着的呢?她怎么能安排得如此不好?她必须出门了,她得跑,可是她找不到家里的钥匙。她到处找,终于瞥见钥匙在壁炉上。她已经在楼梯上了,然后,大楼的门在她身后砰的一声关上了。到了外面,她觉得所有人都在看她,她跑过街道,气喘吁吁,像个疯子。她把手放在肚子上,腹部一侧痛得要命,但是她并没有因此慢下来。

穿过街道的时候,一个人也没有。通常总是有个什么人,穿着荧光背心,手里举着个小牌子。要么就是那个她怀疑是监狱里出来的、牙齿掉光的年轻男人,要么就是那个知道孩子姓名的黑女人。可校门口也没有人。只有路易丝一个人,她就像是个傻子。她的舌头里有股酸味,她想吐。孩子们不在。现在她低着头,满眼是泪。孩子们在度假。就她一个人,她忘了。她敲打着自己的脑袋,很是惶恐。

瓦法一天要给她打好几个电话:"就是这样,聊聊天。"有天晚上,她说要到路易丝家来。她的老板也去度假了,这一次,她可以想干什么就干什么。路易丝在想瓦法究竟想从她这里找到点什么。她很难相信有人可以那么充满热情地找她玩。但昨天晚上的噩梦仍然萦绕在心头,她于是接受了。

她约她的朋友在马塞家楼下见。在大厅里,瓦法大声说她藏着的惊喜,就藏在这个巨大的编织塑料袋里。路易丝做了个手势让她闭嘴。她害怕别人听到。她庄严地拾级而上,打开房门。客厅看上去是那么悲伤,她将手掌敷在眼睛上。她真想折回去,把瓦法推回到楼梯上,回到电视吐出来的画面里,那一堆让她安心的画面。但是瓦法已经把她的塑料包放在厨房的案板上,从里面拿出了调料包、一只鸡,还有几个玻璃盒子,里面藏着她的蜂蜜点心。"我来为你做顿饭,怎么样?"

路易丝平生第一次坐在沙发上,看别人为她下厨。即便自己还是个孩子的时候,她好像也没有看见过这样的场景,就是为她,为讨她的喜欢。小的时候,她就吃别人的剩菜。早晨给她的是一盆温热的汤,汤不知道已经剩了几天,每天早晨都热一遍,直到耗尽最后一滴。尽管盘子边上结了一层油,尽管这西红柿是发酸的味道,骨头是啃剩的味道,她也得全部吃完。

瓦法给她拿来一杯伏特加,里面兑上冰苹果汁。"我喜欢这样的酒,有甜味的。"她一边说,一边和路易丝碰杯。瓦法站着。她把小玩意儿一个个拿起来瞧,然后盯着书架。一帧照片引起了她的注意。

"这是你吗?你穿这件橘色的裙子很漂亮。"照片上,路易丝散着头发,笑盈盈的。她坐在矮墙上,一只胳膊抱着一个孩子。米莉亚姆坚持要把这张照片放在客厅的架子上。"您就是家里的一分子。"米莉亚姆对她说。

路易丝还记得保罗拍这张照片时的情形。米莉亚姆才从一家瓷器店出来,她有选择困难症。在狭窄的商铺街上,路易丝看着孩子。米拉站在矮墙上。她在捉一只灰猫。就在这时保罗说："路易丝,孩子们,看我。光线真好。"米拉挨着路易丝坐下,保罗叫道："现在笑一笑!"

"今年,"路易丝对瓦法说,"我们还要去希腊度假。""就到那里,锡夫诺斯岛。"她接着补充道,用涂了指甲油的手指指着照片。他们倒还没说,但是路易丝很有把握,他们肯定会去他们的岛,在透明的海水中游泳,在港口吃晚饭,烛光晚餐。米莉亚姆喜欢写清单,她对瓦法解释说,瓦法此时正席地而坐,坐在朋友的脚边。清单,客厅里、床上,到处都是,清单上写着他们即将出发。他们马上就要去地中海的小海湾。他们会捉螃蟹、海胆,还有海参,路易丝会看着它们在桶里缩成一团。路易丝还会游泳,游得越来越远,而今年亚当会和她一起游。

接下去,假期就会临近尾声。走前的一天,他们会一起去米莉亚姆特别喜欢的那间饭店,老板娘为孩子们挑选还在架子上蹦跶的活鱼。他们在那里喝一点葡萄酒,路易丝宣称说她决定不再回去:"我明天不坐飞机了。我要在这里生活。"当然,他们很吃惊。他们不会当真的。他们开始笑,因为他们喝得太多了,或者因为他们有些不自在。保姆的决定让他们感到焦虑。他们试图让她冷静下来:"可是路易丝,这一点意义也没有。您不能留在这里。您靠什么生活?"而这会儿,就轮到路易丝笑了。

"当然,我想到过冬天。"也许冬天里,岛屿会换了景致。干巴巴的岩石,一丛丛的牛至和水飞蓟,在十一月的光线下会带上些许的敌意。大雨来到的时候,天色阴沉。但是她不后悔,没有人能让她踏上回去的道路。也许她会换个岛,但是她绝对不会后退。

"或者我什么也不说。我突然间就消失,就这样。"她将指关节弄得噼啪作响。

瓦法听路易丝谈论着她的计划。她很轻松地就能想象到蓝色的海岸线、卵石小街、早晨的海水浴。她是那么思念自己的家乡。路易丝的讲述唤醒了她的记忆:晚上,大西洋的海水扑在礁石上发出的那种刺鼻的气味,斋月时一家人共同迎接的朝阳。但是路易丝突然爆发出一阵大笑,打破了瓦法迷迷糊糊的遐想。她大笑起来,就像一个羞涩的小姑娘,笑起来用手掩着牙齿,她向才坐到身边沙发上来的朋友伸出手。她们举起杯,碰在一起。现在,她们就像两个年轻的姑娘,两个学校的伙伴,因为某个玩笑或者彼此吐露的秘密结成同谋。两个迷失在大人世界里的孩子。

瓦法具有母亲和姐妹的本能。她想到要给路易丝喝杯水,煮点咖啡,让她吃点东西。路易丝伸出腿,将双脚交叉着放在桌子上。瓦法望着路易丝的脏鞋底,将她的酒杯放在一边,她在想,她的朋友应该是醉了才会这样。她一直很欣赏路易丝的行为举止,她拘谨的、礼貌的手势姿态,让人觉得真正的资产阶级就该是这样。瓦法把她光着的脚放在桌子的边缘。然后她略带放荡地说:

"也许,你会在你的岛上碰到你的男人?也许是一个漂亮的希腊人坠入你的情网。"

"哦,不,"路易丝回答她说,"如果说我要去那里,是因为我再也不想替任何人操心了。想睡就睡,想吃就吃。"

开始的时候，瓦法的婚礼没打算办。夫妻俩去市政厅，签订文件。每个月，瓦法把钱如数打到约塞夫的账户上，直至瓦法拿到身份为止。但是瓦法未来的丈夫临了又改变了主意。他说服自己原本已很满意的母亲，说也许请几个朋友更体面些："不管怎么说这也是我的婚礼。再说，谁也说不准，或许这样移民局就不会太起疑心。"

星期五早上，他们约好在诺瓦西勒塞克市政府见。路易丝平生第一次做证婚人，穿着她那件天蓝色的娃娃衫领的裙子，戴了一副耳环。她在市长递过来的纸的下端签了名，婚礼看上去挺是那么回事儿。乌拉，"新婚夫妻万岁！"掌声都似乎非常真诚。

一小群人走着来到了饭店——"阿加迪尔羚羊"，是瓦法的一个朋友开的，她在这里做过服务生。路易丝观察着饭店里的人,他们都站在那里,指手画脚,笑着,拍着彼此的肩膀,动作很夸张。饭店前,约塞夫的兄弟们正在停一辆黑色的小车,小车上扎了十来条金色的塑料彩带。

饭店老板放了音乐。他倒是也不在乎隔壁的邻居,相反,他觉得这样可以吸引过往行人的注意,行人们隔着玻璃窗望进来,看见摆起来的桌子,一定会很羡慕客人们如此快活。路易丝特别注意那些女人,她们宽阔的脸庞、厚实的双手,还有因为腰带系得太紧而尤为突出的臀部。她们大声说话,笑,彼此呼唤,声音穿越整个大厅,从一头到另一头。她们围着瓦法,瓦法被安排在主桌上,路易丝明白,她是没权利走开的。

路易丝被安排在大厅最里面,远离临街的玻璃窗,她身边是个男人,瓦法今天早晨才介绍她认识。"这就是我和你说起过的埃尔韦。他在我的保姆房间里做过工程。就在离街区不远的地方工作。"瓦法故意把他安排在路易丝旁边。这样的男人配她正合适。这种男人没有人要,但是路易丝会重视的,就像她珍视旧衣服、缺页的过期杂志,甚至孩子咬过的蜂窝糕一样。

她不喜欢埃尔韦。瓦法故意给她使的眼色让她感到尴尬。她讨厌这种被监视的感觉,仿佛坠入圈套。再说这个男人如此平庸,几乎没有讨人喜欢的地方。首先,他几乎和路易丝一般高。腿倒是有些肌肉，但很短，臀部狭小，几乎没有脖子。说话的时候，他有时会把脑袋缩在肩膀里，就像一只羞涩的乌龟。路易丝不停地去看他放在桌子上的那双手，劳动者的手，穷人的手，烟鬼的手。她还注意到，他的牙齿也不全。他没有什么显眼的地方。身上散发着黄瓜和葡萄酒的味道。她想到的一件事情，就是她一定会羞于将他介绍给米莉亚姆和保罗。他们会失望的。她能够肯定，他们一定会觉得这个男人不配她。

可埃尔韦正相反，他盯着路易丝看，就像一个上了年纪的男人会对年轻姑娘显示出一定兴趣。他觉得她很优雅、细腻。他仔细打量着她精致的衣领、轻巧的耳环。他观察到她放在膝头、扭在一起的双手，那么一双小小的、雪白的手，涂成玫瑰红的指甲。这双手看上去没有承受过什么苦难，没有干过什么活。路易丝让他想起瓷娃娃，有时他去那些老妇人的房子里做工，在架子上往往都放着类似的瓷娃娃。和那些玩具一样，路易丝的轮廓很清晰，有时她那一动不动的样子真是迷人极了。她那种什么也不看的眼神真让埃尔韦产生一种愿望，想要把她从虚无世界里唤回来。

他和她谈起自己的职业：司机兼送货工，但并非全职。他也做其他的服务工作，修理，或者搬家。一个星期有三天，他在奥斯曼街给一家银行的停车场做保安。"这样我就有时间读书了，"他说，"主要是侦探小说，但也有别的。"当他问她喜欢读什么，她却不知道应该怎么回答。

"那音乐呢？你喜欢音乐吗？"

他喜欢音乐，喜欢得发疯，然后他用紫色的手指做了一个拨弄吉他弦的手势。他谈到以前，在那个还听磁带的岁月，他的偶像都是歌手。他曾经留着长发，模仿吉米·亨德里克斯。"下次我给你看张照片。"他说。路易丝这才意识到自己从来没有听过音乐。她从来没有过兴趣爱好。她只知道儿歌，那种母亲传给女儿的、音韵简单的歌曲。有天晚上，她给孩子们哼一首歌的时候，米莉亚姆恰巧听到。米莉亚姆对路易丝说，她的嗓音很美。"你没唱歌真是可惜。"

路易丝没有注意到，大部分客人都没有喝酒。桌子中央摆着一瓶苏打水和一大瓶饮用水。埃尔韦在地上藏了瓶葡萄酒，在他右手边，看见路易丝的酒杯空了就给她满上。路易丝慢慢地啜饮。她最终习惯了震耳欲聋的音乐、在场客人们的吼叫，还有将嘴唇贴在话筒上的年轻人难以理解的絮语。甚至在望着瓦法的时候，她露出了微笑。她已经忘了，所有这一切都不过是个化装舞会，一个骗人的游戏，一种欺骗。

她喝着。生活的不适，无法大口呼吸的腼腆，一切的一切都在她啜饮的酒杯深处，在她的唇间融化了。饭店的平庸,埃尔韦的平庸,这一切也似乎蒙上了一层新的外衣。埃尔韦语调温柔,而且他懂得适时闭嘴。他看着她,冲她微笑,双目微闭。等他没什么可说的时候,他就什么也不说。他那几乎没有睫毛的小眼睛,他稀少的头发,他紫色的皮肤,他的行为举止,这时都不再那么讨路易丝的厌了。

她同意埃尔韦送她,他们一起走到地铁口。她说了再见,头也不回地逐级而下。在回家的路上,埃尔韦想着她。她就像一支英文歌,虽然他不明白歌词,但却一直萦绕在他的心头,很多年过去后,依然是他最喜欢哼唱却唱不清楚的小调。

和每天早晨一样，七点半，路易丝准时打开公寓的大门。保罗和米莉亚姆站在客厅里。他们似乎在等她。米莉亚姆的神情像是一头在笼子里转了一夜的饿狼。保罗打开电视，这一次，他破天荒允许孩子们在上学之前看动画片。

"你们就在这里，别动。"他命令孩子们道。孩子们已经好似被催眠了一般，张着嘴，目不转睛地盯着屏幕，屏幕上是一群歇斯底里的兔子。

大人们则把自己关进了厨房。保罗让路易丝坐下。

"我给您煮杯咖啡？"路易丝提议说。

"不用，谢谢。"保罗干巴巴地回应道。

在他身后，米莉亚姆低垂双眼，她将手覆在唇上。"路易丝，我们收到了一封邮件，这让我们感到很难堪。我必须承认，我们得知的这一切让我们感到很气愤。这里面有我们不能忍受的事情。"

他一口气说完，眼睛盯着手中的一个信封。

路易丝屏住了呼吸。她甚至不知道自己的舌头在哪儿，她应该是咬住了嘴唇才没有哭出来。她想像个孩子那样，塞住耳朵，大叫大喊，满地打滚，做所有能做的一切，让这场谈话不再继续。她试图分辨保罗握在指间的信件究竟打哪儿来，但是她什么也没有看到，地址或内容。

突然间，她在想也许信是格林伯格夫人写的，也许保罗和米莉亚姆不在的时候，这个老怪物一直在监视她，这会儿扮演了告密乌鸦的角色。她一定是写了封揭发信，恶意诽谤，以此来打发她的孤独。她肯定说路易丝在这里度了假，说她在这里接待瓦法。如果碰巧是这样，她甚至不会署名，这样就可以增加神秘感，也更加恶毒。再说她肯定胡说八道了，在纸上肆意书写一个老女人的梦幻，她那些老年人才有的淫荡的幻觉。路易丝可受不了这个。不，她也受不了米莉亚姆的眼神，那种恶心的眼神；米莉亚姆认定她睡过他们的床，认定她这是在嘲笑他们。

路易丝禁不住身体发僵。她的手指因为仇恨蜷了起来，她把双手藏在膝间，不想让他们看到她在抖。她的脸和喉部发白，手发狂般地梳着头发。保罗在等她回应，这会儿继续道：

"这封信是财政部来的,路易丝。他们要求在给您的工资中扣除您欠的数额,看上去您已经欠了好几个月了。但是您从来没有回复过他们的催款单!"

保罗觉得,他在保姆的眼神中看到她仿佛松了口气。

"我想这事也许让你觉得很不光彩,但是我们也觉得很不舒服,您想想看。"

保罗把信递给路易丝,路易丝还是没有动。

"您瞧瞧。"

路易丝抓住信封,抽出里面的纸,她的双手湿答答的,在颤抖。她的目光模糊,假装自己在读,但是她什么也没有读明白。

"这些信会到这里,恐怕是他们最后的办法了,您明白吗?您不能表现得如此不在意。"米莉亚姆说。

"我很抱歉,"她说,"我很抱歉,米莉亚姆。我会安排好的,我保证。"

"如果您需要,我可以帮助您。您要把所有材料带给我,这样我们就能找到一个解决办法。"

路易丝擦拭着双颊,双手摊开,目光迷离。她知道自己应该说点什么。她很想抱住米莉亚姆,紧紧地抱住她,请求她的帮助。她想要告诉她,她是多么孤独,如此孤独,面对那么多事情,那么多她讲不清楚的事情,但是对米莉亚姆,她愿意讲。她有点混乱,一直在颤抖。她不知道自己应该怎么做。

路易丝装出没事的样子。她辩解说这是个误会,因为换了地址。她说这都是她丈夫雅克的错,他总是只看到眼前,而且神神秘秘的。她否认了,否认事实,否认看上去似乎很明显的这一切。她说得颠三倒四,十分悲恸,保罗只好翻翻眼睛。

"好吧,好吧。这是您的事情。您自己解决好就行了。我希望再也不要收到这类信件。"

这些信一直跟着她,先是雅克的房子,接着是她租的小房子,最后又来到了她的这方领地,来到了她唯一抓得住的这个家。他们把雅克诉讼未付的账单、房屋附加税的账单,还有那些个她也不知道是为什么拖欠的账单都寄到这里。她曾经天真地想过,也许面对她的沉默,他们最终会放弃的。就当作她死了,再说她也的确什么都不是,一文不名。这样做他们又能得到些什么呢?他们需要对她进行围追堵截吗?

这些信,她知道在哪儿。一堆她没有扔掉的信,放在电表上。她真想将它们付之一炬。无论如何,那些个没完没了的句子,她也弄不懂,还有那些成页成页的图表,一栏栏的、总额不断增长的数字,就像她准备帮助斯蒂芬妮做作业的时候。她帮她听写,她甚至还想帮她解数学题。女儿大笑地嘲讽她说:"可你知道什么?你一点用也没有。"

这天晚上,给孩子们穿上睡衣后,路易丝在他们的房间里耽搁了一会儿。米莉亚姆站直了在房间门口等她:"您现在可以走了,我们明天见。"路易丝多么希望能够留下来,就睡在这里,在米拉的床头。她不会发出声响的,不会打扰任何人。路易丝不想回到自己的小房子。每天晚上,她都故意晚回去一点,她在街头游荡,双目低垂,披肩被风掀起,拂到了她的下巴。她害怕遇见自己的房东,一个红棕色头发、两眼血红的老家伙,一个不信任她的吝啬鬼。"因为租给一个住在这街区的白人,根本没什么指望。"他现在的确应该后悔了。

在快速火车上,她咬紧牙关才没有哭出来。冰凉的、阴郁的雨水进入了她的大衣、她的头发。豆大的雨点落下来,钻进她的颈项间,让她抖个不停。到了空旷的街角,她却感觉到别人都在看她。她转过身,可真的没有人。接着,在两辆汽车的阴影间,她看见一个男人在那儿蹲着。她看见他的光屁股,巨大的手放在他的膝头,一只手拿着一张报纸。他在看她。神情之间既没有敌意,也没有尴尬。她后退了一步,巨大的恶心感涌了上来。她想要叫,要找个人做证。一个男人在她的街道上，在她眼皮底下大便。而这个男人一点也不感到羞耻，似乎习惯了随时解决他的需求，毫无廉耻与自尊可言。

路易丝跑啊，跑啊，一直跑到自家的大楼门前，她颤抖着上了楼梯。她整理了家里的一切，换了床单。她想要洗个澡，想在热水下冲很长很长时间，让身体暖起来，但是好几天前，淋浴就坏了，根本不能用。盛水盘下面的木架子腐烂了，所以淋浴也坍塌了。后来她就在厨房的洗涤槽里洗，戴着手套。三天前她还用香波洗了头，坐在一张密胺树脂的椅子上。

躺在床上，她无法入睡。她不停地去想那个阴影里的男人。她无法想象，很快，在那儿的就会是她。她会在街头游荡。即便是这么一间非人的小房子，她也将迫不得已离开，她会像动物一样，在街头大小便。

第二天早上，路易丝没能起床。她烧了一夜，烧到牙齿不住地打寒战。她的喉咙肿了起来，嘴巴里长满了口疮，连吞咽口水都觉得困难。刚刚七点半，电话铃声响了起来。她没有接。不过她看到屏幕上显示的是米莉亚姆的名字。她睁开眼睛，伸出手，挂了电话。她将脸埋入枕间。

电话再次响起。

这一次，米莉亚姆留下了一条信息："您好路易丝，我希望您一切都好。现在已经将近八点。米拉昨天晚上生病了，她发烧。我今天有一桩很重要的案子，我告诉过您，我今天要出庭辩护。我希望您一切都好，什么事也没有。您看到信息后给我电话。我们等您。"路易丝把电话扔到脚边。她用被子把自己裹了起来。她不愿去想自己口渴，她非常非常想小便。可她现在一点也不想动。

之前她把床推到墙边,这样可以尽可能地靠近电暖气那点可怜的热气。可这样睡,她的鼻子几乎贴到了玻璃窗上。她的眼睛转向街道上干枯的树木,似乎所有的出口都被堵死了。可是她有种奇怪的感觉,那就是即便挣扎也毫无用处。她只能听之任之,这么飘着,被占领,被超越,面对任何情况都处于被动状态。前一天她收拾了那些信。她一一打开,撕毁。她把碎片扔在水槽里,然后打开水龙头。湿了之后,这些纸片都粘在水槽上,成了毫无形状可言的一团,她看着纸团在热水水流下分崩离析。电话响了,响了又响。路易丝将手机扔到垫子下,但是尖锐的铃声让她无法入睡。

米莉亚姆在屋子里踱来踱去,几乎要发疯,她的律师袍搁在条纹扶手椅上。"她不会再来了,"她对保罗说,"保姆就这么消失也不是新闻。我听到过无数类似的故事。"她试着继续给路易丝打电话,但是面对路易丝的沉默,她毫无办法。她开始冲保罗发火。她指责他过于苛刻,把路易丝当作一个简单的雇员来对待。"我们侮辱了她。"她总结说。

保罗试图让妻子回归理性。路易丝也许碰到了什么问题,她也许出了什么事。她根本不敢这样,毫无解释地消失。她这么爱孩子,不可能连声招呼也不打就走了。"与其去想这些没边的事情,你还不如去找到她家的地址。看看她的合同。如果一小时后她再不接电话,我就去她家。"

米莉亚姆蹲下来,正在抽屉里翻合同的时候,电话铃响了。路易丝用几乎听不见的声音请求原谅。她病得太厉害了,下不了床。早晨她又睡过去了,所以没能听到电话。她至少重复了十遍:"我很抱歉。"理由如此简单,完全出乎米莉亚姆意料。她觉得自己有点羞愧,竟然没有想到这点,就是单纯的健康问题,就好像路易丝是战无不胜的,就好像她不知疲倦,从来不会生病。"我明白了,"米莉亚姆回答道,"您休息吧,我们会找到解决办法的。"

保罗和米莉亚姆打电话找了朋友、同事、自家的亲人。最后总算有个人给了一个大学生的电话号码,说是"有可能救急",如果运气好,也许会同意马上过来。这是一个二十岁的金发姑娘,很难让米莉亚姆产生信任感。在房门口,年轻姑娘慢慢脱下高跟短靴。米莉亚姆注意到她的脖子上有个很可怕的刺青。听到米莉亚姆吩咐,她回答说"是",一副什么都懂的样子,但只是为了摆脱这个神经质的、喋喋不休的雇主。看到米拉在沙发上昏睡,她又演得有点过火了,好像很爱她似的。她装出母亲般的焦虑,而她自己还几乎是个孩子。

不过这些都还不是最糟糕的,晚上,米莉亚姆回到家里,她才是真的崩溃了。房子混乱得不像是人类的居所。客厅里玩具扔了一地。脏兮兮的碗碟堆在水槽里。小桌子上已经干瘪的胡萝卜散发出难闻的气味。年轻姑娘站起身，就好像被放出单身囚室的罪犯一般舒了口气。她把钱塞进口袋里，冲向大门，手里握着手机。晚些时候，米莉亚姆在阳台上发现了十来个踩过的烟头，孩子们房间的蓝色衣柜上，有一块融化的巧克力冰激凌，已经破坏了家具的油漆层。

三天里,路易丝一直在做噩梦。她没有真的进入睡眠,而是坠入一种错乱的昏沉中,各种念头混在一起,更加剧了她的不适感。夜里,她的内心仿佛一直在号叫,撕扯着她的五脏六腑。衬衫贴在身上,牙齿直打寒战,指甲深入在沙发床的床垫里。她觉得自己的脸被一只高跟鞋踩住了,嘴里都是泥土。她扭动着胯部,就像摆尾的蝌蚪。她真是耗尽了所有的气力。醒来就只是喝水,上厕所,然后她又回到自己的巢穴里。

走出睡眠的感觉仿佛是从海水深处浮上来一般,游得太远,缺少氧气,周围是一潭黏稠的、暗淡的泥浆,我们只能祈求多一点空气,有足够的力气浮上水面,贪婪地吸上一口气。

在花皮面的小本子上,路易丝用了亨利蒙多尔医院一位医生用的术语:"谵妄性抑郁。"她觉得这个术语很美,她的忧伤突然间多了一层诗意,带上一分逃离的意味。她的字体很独特,都是大写字母,歪歪扭扭,十分用力。在小本子的内页上,她写下的这些词语就像是亚当搭建的积木房子,摇摇晃晃。搭建的唯一乐趣就在于看着它坍塌。

平生第一次,她想到了衰老的问题。不再在应有轨道上的身体,某些动作竟然能带来深入骨髓的疼痛。不断增长的医疗费用。还有多病的衰老所带来的恐慌:就这么躺着,病恹恹的,在这间小公寓里,窗户都是灰蒙蒙的。这一切挥之不去。她恨这个地方。淋浴间钻出来的湿漉漉的味道包围着她,甚至嘴巴里都是。每个连接处,每个缝隙里都长满了灰绿色的青苔,她发疯般地擦啊擦啊,可一点用也没有。白天擦去,夜里又重新长出来,甚至比以往任何时候都要密。

她的内心涌起一股仇恨。这仇恨甚至浇灭了她的服务激情和孩子般的乐观。这仇恨让一切变得模糊。她被吸入一个忧伤、混乱的梦。她觉得她的隐私被窥探得太多,都被别人听了去,她从来没有权利保护自己的隐私。她从来没有一间属于自己的房间。

过了令她惊恐的两夜,她觉得自己差不多可以恢复工作了。她瘦了,那张小姑娘般的脸变得苍白,深陷下去,就像是被人抽打后抻长了一般。她梳好头,化了妆。给自己涂上紫色的眼影时,她安静了下来。

七点半,她打开高街公寓的门。穿着蓝色睡衣的米拉奔向路易丝。她跳入她的怀中,叫道:"路易丝,是你!你回来啦!"

亚当也想挣脱开母亲。他听到了路易丝的声音,闻到了她的味道——爽身粉的味道——分辨出她在地板上轻盈的脚步声。他的小手轻轻推开妈妈的胸,而孩子们的妈妈则微笑着把孩子送进了路易丝温柔的怀抱。

米莉亚姆的冰箱里都是盒子。各种各样的小盒子,叠放在一起。还有碗,上面覆着铝膜。在冰箱塑料陈列架上,有一小块柠檬,一节已经干了的黄瓜,四分之一的洋葱,以至于一打开冰箱门,洋葱的味道立刻在整个厨房里蔓延开来。还有一块奶酪,好像只剩下了奶酪皮。在盒子里,米莉亚姆找到了已经失去水分、不再圆润也不再绿得发亮的豌豆。还有三块面团,一勺汤,一口甚至喂麻雀都不够的火鸡肉,都是路易丝小心翼翼地收放起来的。

对于保罗和米莉亚姆来说,这是他们彼此间玩笑的一个话题。路易丝的这个怪癖,这种扔食物恐惧症让他们觉得很好笑。保姆喜欢刮罐头底,她让孩子们舔干净酸奶盒。她的雇主觉得这些举动既令人发笑又令人感动。

每每米莉亚姆半夜里去倒垃圾——因为垃圾里有还没

有吃完的食物，或是他们没有信心修好的米拉的玩具——保罗就会笑她："你害怕路易丝说你，承认了吧！"然后他就笑着陪她一直走到电梯口。

每次看到路易丝聚精会神地研究放在信箱上的各种宣传小册子，他们也觉得有趣，那些都是街区各种各样的商店发来的促销小册子，他们基本上看都不看就会扔掉。但是路易丝将各种折扣券收集起来，然后她骄傲地推荐给米莉亚姆，米莉亚姆都不好意思觉得她的行为很愚蠢。再说在丈夫和孩子们面前，米莉亚姆一向把路易丝当成榜样："路易丝是对的，我们不应该浪费。还有孩子什么都吃不上呢。"

但是几个月后，这种癖好就成了压力。米莉亚姆指责路易丝有强迫症，指责她过于严苛，过于偏执。"不管怎么说，她要翻垃圾桶就随她便吧，我又不需要向她汇报。"她对保罗说。保罗认为必须从路易丝的权威中解放出来。米莉亚姆显得很坚定。她禁止路易丝给孩子们吃过期的食物："是的，哪怕只过了一天。就这样，这没什么好讨论的。"

有天晚上，就在路易丝才生病恢复后不久，米莉亚姆回来得很晚。公寓沉浸在一片黑暗之中，路易丝坐在门后等她，大衣已经穿好了，手里拿着包。她几乎连招呼都来不及打，就着急地冲上了电梯。米莉亚姆实在是太疲惫了，所以没去多想，也没来得及感动。

"路易丝脸色不太好。那又怎么样呢。"

如果扑上沙发，她可以马上睡着，衣服不脱，鞋子也不脱。但是米莉亚姆走向厨房，想给自己倒一杯葡萄酒。她想在客厅里坐一会儿，喝一杯很冰的白葡萄酒，抽支烟放松一下。要不是害怕会弄醒孩子们，她甚至会洗个澡。

她走进厨房，打开灯。厨房显得比平日更加干净。空气里有股香皂的味道。冰箱门也擦过了。工作台上没有任何东西。油烟机上也没有油迹，橱柜的手柄都用海绵擦过，还有她正对的那扇窗子也擦得锃亮。

米莉亚姆就在准备打开冰箱的时候看见了它，就在孩子们和保姆吃饭的小桌子上，在那儿。盘子里放着一个鸡架。油光锃亮的一个鸡架，光秃秃的，一丝肉都不剩的鸡架，简直像是被一只秃鹫，或者一只顽固、细心的虫子啃过的一样。反正是被贪婪地啃了个干净。

她盯着这具栗色的鸡架，圆乎乎的脊柱，尖锐的骨头，平滑、干净的椎骨。大腿已经切下来了，但是翅膀的部分还在，勉强连在鸡架上，差点断开。还有黄兮兮的软骨，亮闪闪的，好像结痂的脓包。透过小骨头间的洞洞，米莉亚姆能够看见鸡架里面，黑乎乎的，失去了血色。没有肉了，也没有内脏，这具鸡架上没有什么可腐烂的东西了，但是在米莉亚姆看来，这就是一具死尸，一具非人类的死尸，继续在她的眼皮下，在她的厨房里腐烂下去。

她可以肯定，这天早上她已经把这鸡架扔了，因为已经不能吃了，她可不想让孩子们生病。她记得很清楚，她把菜扣在垃圾袋上，这只鸡落了下去，连同周围那圈黏糊糊的鸡油。随着沉闷的一声，鸡坠入垃圾桶的深处，米莉亚姆"呕"了一声。在这个清晨，那股味道让她觉得有些恶心。

米莉亚姆走近这只鸡，她没敢碰。这绝不会是路易丝的疏忽或是遗忘造成的，更不可能是个玩笑。不，这具鸡架还散发着洗涤液那种温和的杏仁味道。路易丝把水龙头开大了冲洗过，她是为了报复放在这里的，就像某种恶意的图腾。

后来，米拉把一切都告诉了她的母亲。她笑着、跳着告诉她，路易丝教他们怎么用手指吃饭。站在椅子上，亚当和她把鸡肉扒下来。鸡肉有点干，路易丝允许他们喝了好几大杯芬达，以免噎着。路易丝很当心，不让他们毁了鸡架，她的眼睛一直盯着鸡。她和孩子们说这是个游戏，如果他们遵守规则，事后就能够得到奖励。于是这一次，他们最后得到了两颗略带酸味的糖果。

艾克托·卢维埃

十年过去了,然而艾克托·卢维埃还清楚地记得路易丝的双手。这是他触碰最多的——她的手。她的手有揉碎了的花瓣的味道,总是涂着指甲油。艾克托总是抓着她的手,紧紧地贴着自己;看电视的时候,他也能感觉到她的手在自己的颈项间散发出的味道。路易丝的双手浸在热水里,抚摸着艾克托瘦弱的身体。她为他涂上肥皂,在他的发间揉擦出泡沫,然后是他的腋下,他的小鸡鸡,肚子,还有屁股。

躺在床上,脸埋在枕间,他掀起自己的睡衣,旨在示意路易丝,他在等她的爱抚。她用指尖抚过孩子的背,孩子背上的皮肤有些惊惶不安,颤抖着;然后他就睡着了,平静下来。他有些羞愧,模糊地在想,路易丝的手指究竟给他带来的是怎样一种快感。

在去学校的路上,艾克托紧紧抓住保姆的手。随着他渐渐长大,他的手掌越来越大,他真是害怕自己这一握会碾碎路易丝的骨头,她那仿佛饼干和瓷器一般脆弱的骨头。有时,保姆的指骨会在孩子的掌间发出声响,让艾克托觉得,是他拉着路易丝的手,带她穿越马路。

路易丝从来没有为难过他,从来没有。他不记得她发过火。他可以肯定,她从来没有打过他。关于她,他的记忆里只留有一些模糊的画面,不太成型,尽管他在她身边待了好几年。路易丝的面容似乎已经那么遥远,他甚至不能肯定,如果今天在街头偶遇,他是不是能认出她来。但是她在他脸颊上留下的抚摸,柔软而温和;她早晚擦的粉散发出来的味道,她那肉色丝袜的感觉;她拥抱他的奇怪方式,有时她还会用上牙齿,轻轻地咬噬他,仿佛为了表达突如其来的爱情,她想要整个儿拥有他的欲望——对于这一切,是的,他都能回忆起来。

他也没有忘记她做糕点的天赋。他记得她接他放学的时候,带到学校门口来的点心,还有看到孩子贪吃的样子,她兴高采烈的表情。他记得她做的番茄酱的味道,她给才烤好的牛排撒上胡椒粉的方式,还有蘑菇奶油汤,这些都是他经常召唤的回忆。和童年相关的神话,是在他盯着电脑屏幕吃冷冻食品之前的世界。

他也经常回忆起——或者更确切地说,他相信自己能够记起——她和他在一起的时候,总是有无限的耐心。父母哄他睡觉的场景经常变得相当糟糕。当艾克托哭着请求把门开着,或是要妈妈再讲一个故事,要一杯水,或发誓说自己看到了魔鬼,说自己还饿,安娜·卢维埃总是很快失了耐心。

"我也一样,"路易丝曾经对他承认说,"我也害怕睡着。"对于他的噩梦,她总是表现出非常理解的样子,她能够长时间地抚摸他,用她那散发着玫瑰花味道的修长手指陪伴他一起走向睡眠。她说服了她的雇主,孩子睡觉的时候,在他的房间里留一盏灯:"我们没必要让他那么害怕。"

是的,她的离开给他带来了极大的痛苦。他很想她,非常非常想她。他讨厌代替她的那个年轻姑娘,到校门口来接他放学的大学生。她和他说英语,因为就像母亲说的那样,要"鼓励他智力发展"。他恨路易丝离开了他,恨她没有坚守曾经的炽热许诺,恨她背叛了自己的誓言,她说过她会永远对他那么好,说他是她的唯一,不可替代。有一天,她不在了,可艾克托不敢提出问题。他没有为这个离开他的女人哭泣,因为尽管他们在一起八年,他本能地感觉到这份爱是可笑的,人们会因此嘲笑他,即使有人显示出同情,也多半是装出来的。

艾克托低下脑袋。他没有说话。他母亲坐在他身边的另一张椅子上，手放在他的肩上。她对他说："没什么，亲爱的。"可是安娜很激动。面对警察，她的眼神中充满了罪恶感。她似乎想承认一点什么，很久以前她有可能犯的一个错，现在要为之付出代价。她总是这样，无辜，偏执。过海关的时候，她没有一次不是担心得浑身湿透。有一次，她往酒精测试仪上吹气，故意有所节制，不按照要求大口吹，因为她觉得自己会被捕的。

警官是个很漂亮的棕发女人，浓密的头发扎了个马尾，坐在他们对面的办公桌上。她问安娜是怎么认识的路易丝，出于什么原因聘用了她，让她成为孩子们的保姆。安娜很平静地回答问题。她要的只有一点，就是让女警官满意，给她提供线索，尤其是搞明白为什么路易丝会受到指控。

路易丝是一个朋友推荐给她的。朋友说路易丝很好，而且她本人对路易丝也非常满意。"您也能看出来，艾克托非常依恋她。"女警官微笑地望着少年。她回到办公桌后，打开卷宗，问道：

"您还记得马塞夫人给您打过电话吗？一年多以前，一月份。"

"马塞夫人？"

"是的，您想想。路易丝说您可以为他们提供参考，米莉亚姆·马塞想要知道您对路易丝的看法。"

"是的,我想起来了。我和他们说,路易丝是个非常特别的保姆。"

他们在这间冰冷的房间已经待了两个小时,其间没有任何别的消遣。办公室收拾得整整齐齐。没有一张照片散落在外面。墙上也没有钉什么通告,或是寻人启事之类的。有时,女警官一句话没讲完便停下来,说声"抱歉"就出了办公室。安娜和儿子透过玻璃能看到她在接手机,或是在同事的耳边轻声说着什么,再不就是喝杯咖啡。可安娜和儿子不想说话,哪怕是为了放松一下。他们并排坐着,彼此回避,假装忘记了他们并非独自一人。他们只是大声喘着气,站起身来围着椅子转上一圈。艾克托翻阅自己的手机。安娜把她的黑色皮手袋抱在怀里。他们很无聊,但是他们或许是太礼貌了,或者是太怯懦,不敢在女警官面前显露出一丝不悦。他们精疲力竭,但很顺从,就等着她说,他们可以走了。

女警官打印出材料,递给他们。

"请在这里,还有那里签字。"

安娜弯腰签字,她没有抬起眼睛,不带任何情感地问:

"路易丝做了什么?发生什么事了?"

"她被指控杀了两个孩子。"

女警官有黑眼圈。紫色的、浮肿的眼袋使得她的眼神显得格外沉重,非常奇怪的是,这让她看起来更加美丽了。

艾克托走在大街上,在六月的暑气中。姑娘们如此美丽。他想长大,获得自由,成为一个男人。他的十八岁让他不堪重负,他希望能够远远地将他的十八岁甩在身后,就像他刚才把母亲留在了警察局门口,她神情迷茫,没有反应。他意识到,刚才在警察局里,他的第一反应不是震惊或惊恐,而是终于松了口气,大大地松了口气,虽然不无痛苦,甚至有些欢喜。就好像长期以来他都深受威胁,一种纯洁的威胁,模糊的,难以表述的。这种威胁,只有他、他的眼睛和他那颗孩子的心能够看到,感受到。命运希望这威胁能够在另外的地方找到出口。

女警官似乎能够理解他。刚才,她仔细打量着他那张毫无表情的脸,冲他笑了一下。那种对逃离危险的人露出的笑容。

一整夜，米莉亚姆都在想放在厨房桌子上的那鸡架。只要一闭上眼，动物的骨架就浮现在她面前。它就在那里，在她身边，在她床上。

她一下子喝光了杯中的葡萄酒，手放在桌子上，眼角的余光扫视着那具鸡架。她不想去碰它，不想感受到碰触它的感觉，觉得很恶心。她有一种奇怪的感觉，觉得可能会发生点什么，觉得那动物没准儿会活过来，跳到她的脸上，粘在她的头发上，将她逼到墙边。她走到客厅就着窗口抽了支烟，然后回到厨房。她戴上塑料手套，将鸡架扔进垃圾桶里，连同盘子以及旁边的抹布一起扔掉。她以最快的速度把黑色的垃圾袋送下楼，回到大楼里的时候她用力关上了大楼的门。

她上了床,她的心怦怦跳个不停,简直连呼吸都困难。她试着入睡,但是她实在坚持不下去了,她哭着给保罗打了个电话,讲述了这只鸡的故事。他觉得她太夸张了。听到这些仿佛恐怖电影里的拙劣情节,他笑了:"你总不能为了家禽的故事搞成这样吧?"他试着逗她笑,让她怀疑自己是否有必要把这事情搞得那么紧张。她猛地挂断电话。他又给她打回来,可是她不接。

她昏昏沉沉的,梦里一会儿是控诉,一会儿又是罪恶的感觉。她开始攻击路易丝。她对自己说,路易丝这是疯了。也许是很危险的。在路易丝的内心,滋长着一种针对雇主的、龌龊的仇恨,一种复仇的渴望。米莉亚姆责怪自己没有衡量过路易丝的暴力程度。此前她已经注意到,为了类似的事情,路易丝很容易发火。有一次米拉在学校丢了件背心,路易丝于是整个人都不好了。她成天和米莉亚姆念叨这件蓝背心,发誓要把它找回来。她去骚扰过老师、幼儿园的阿姨,还有食堂的员工。有个星期一的早晨,她看到米莉亚姆正在给米拉穿衣服,而米拉正穿着她那件蓝背心。

"您找到了?"保姆问,语调中甚是惊奇。

"不,我又买了件一模一样的。"

路易丝无法控制自己的愤怒:"要知道我找它可费了不

少劲,这算什么?别人偷了也好,不在乎自己的东西也好,这都不要紧,反正妈妈会给米拉重新买一件背心的,是吗?"

于是米莉亚姆就又掉转枪头,把这些指控用在了自己身上。"是我的问题,"她想,"我走得太远了。这是她特有的方式,说我浪费、轻率、满不在乎。路易丝可能觉得我扔掉这只鸡对她来说是一种侮辱,而她正缺钱。我不仅没有帮助她,还侮辱了她。"

黎明时分,米莉亚姆起床,她觉得自己几乎没怎么睡。一下床,她就发现厨房里亮着灯。她走出房间,看见路易丝正坐在临院子的窗边。路易丝双手捧着茶杯,这是米莉亚姆在某个节日的时候买给她的。她的面容在蒸汽间飘浮不定。路易丝像是一个小老太,一个在苍白的早晨颤抖的幽灵。她的头发和皮肤似乎没有一点颜色。米莉亚姆觉得路易丝近来的穿着风格都差不多,蓝色的衬衫,娃娃领,这让她一下子看了觉得有些恶心。她真是不想和她说话。她想让她从自己的生活里消失掉,不需要过多的努力,就一个简单的手势,或是眨一下眼睛。但是路易丝就在那里,她正冲她微笑。

她的嗓音纤细:"我给您来杯咖啡?您看上去很疲惫。"米莉亚姆伸过手,抓住热腾腾的杯子。

她想起还有漫长的一天在等待着她,她要在重罪法庭为一个男人辩护。此刻在厨房里,面对着路易丝,她在想这个事情究竟有多少幽默的成分在里面。她这么一个人,所有人都欣赏她的好斗,帕斯卡经常夸赞她在面对所有对手时所显示出来的勇气,此刻在这个小小的金发女人面前,嗓子却像是被堵住了。

有些人年少时梦到的是电影拍摄的大舞台,有的梦到的是足球场,或是坐满了人的音乐厅,可米莉亚姆的梦里从来都是法庭。做学生的时候,她就尽可能地旁听诉讼。她的母亲实在搞不懂,竟然有人会那么热爱诸如强奸之类的病态故事,热爱关于乱伦或者谋杀的,准确、凄凉、不带任何感情的报告。米莉亚姆准备律考的时候,正好是米歇尔·富尔尼雷连环杀人案开审的时候,她一直跟着这宗案子。她在查尔维尔-梅齐埃的市中心租了一间房,每天她都加入成群结队去看魔鬼的女人队伍。法庭外面搭起了一个很大的台子,这样,数量众多的公众就可以借助大屏幕直接旁听审判。她坐在稍微远一点的地方。她没有和那些女人说话。每每这些皮肤呈红棕色、指甲剪得秃秃的女人用辱骂和唾沫来迎接犯人的囚车时,她总是感到些许尴尬。她是一个遵从规矩的人,有的时候甚至显得不太通融,但看到这样赤裸裸的仇恨场面,看到人们高喊着要报仇,不禁有些迷惑。

米莉亚姆乘上地铁，提前到达法院。她抽了支烟，指尖拎着用来捆大卷卷宗的红线。一个多月以来，米莉亚姆一直协助帕斯卡准备诉讼。嫌疑人是个二十四岁的年轻男子，被控和三个同犯共同虐待两个斯里兰卡人。在酒精和可卡因的作用下，他们把那两个没有身份、和他们也毫无过节的厨师痛打了一顿。他们揍啊，揍啊，直到当中一个死了，直到意识到他们搞错了目标，把一个黑人当成了另一个。他们也不知道是为什么。他们无法否认指控，因为正好有监控录像录下了这一切。

第一次见面的时候，男子向律师讲述了他的生活，全是谎言，有明显不符合事实的地方。在看守所的门口，他竟然还想着要勾引米莉亚姆。米莉亚姆尽其所能"保持安全距离"。这是帕斯卡一直用的词，他认为一切成功案例都建立在这个基本准则之上。她试图从男子的一堆谎话中找出真相，遵循一定的方法，以证据作为支撑。她用教师的声音向男子解释，选择简单但不尖刻的词语，因为谎言是恶劣的辩护，而现在，说出真相并不会让他失去什么。

出庭那天，她为年轻男子买了件新衬衫，劝他忘记自己那些品位甚低的玩笑，还有他那嘲讽的微笑，因为这让他看上去有些虚张声势。"我们必须证明，您也是受害者。"

米莉亚姆终于集中起精力，工作让她忘记了昨晚的噩梦。她询问来到证人席的两位专家,他们陈述的她客户的心理状态。有个受害人也借助翻译前来做证。证词很长,但是里面掺杂着明显的情感。被告一直垂着眼睛,面无表情。

休庭的时候,帕斯卡在打电话,米莉亚姆坐在走廊上,眼神空茫,她有一种惶恐的感觉。也许,对上次路易丝欠债的事情,她处理的态度过于超然了。出于谨慎,又或是出于漫不经心,她没有仔细看财政部的信件。她也许应该保留这些资料。她曾经十数次要求过路易丝把资料带给她。路易丝开始说她忘了带,并说明天一定会记得的。米莉亚姆希望知道得多一些。她问起雅克的事情,问起这些似乎滚了好几年的债务。她问她,斯蒂芬妮是不是知道她的困难。对于这些问题——米莉亚姆的声音很温柔,也表示她能理解——路易丝始终报以沉默,把自己封闭起来。"是因为害臊。"米莉亚姆想过。一种始终保留两个世界之间的界限的方式。于是她放弃了对路易丝的帮助。她有一种可怕的感觉,觉得自己的好奇心仿佛是加诸路易丝脆弱身体上的侮辱性的鞭笞,几天以来,这具身体明显变得脆弱、苍白,更加没有分量了。在这阴暗的走廊上,人们嗡嗡的,也不知在说些什么,米莉亚姆真的觉得自己没了主意,精疲力竭。

今天早上,保罗又给她打来电话。他显得很温柔,很通融。他请她原谅,当时没有严肃对待这件事情。"你想怎么样我们就怎么办,"他不停地说,"在这种情况下,我们也不可能再留她。"接着他又非常实用地追加了一句:"要不等到夏天,我们去度假,回来之后想办法让她明白,我们不再需要她了。"

米莉亚姆的应答不带任何情感,也并不确信。她想起路易丝病了几天后,孩子们再见到她时的兴奋,路易丝望着她时那忧伤的眼神,想起路易丝那张仿若虚幻的脸。她似乎还听见了她含糊而略有些可笑的抱歉之词,说自己没有尽到责任。"不会再有下一次了,"她说,"我向您保证。"

当然,事情必须是有个了结的时候了,一切都到此为止。但是路易丝有他们家的钥匙,她什么都知道,她已经深深嵌入他们家,所以现在似乎根本不可能迁往别处。他们把她推出去,可她会再回来的。他们和她说再见,可是她会贴在门上,还是会回来,就像一个受伤的情人,极其危险。

斯蒂芬妮

斯蒂芬妮的运气很好。上初中的时候,路易丝的雇主佩兰夫人提议,可以帮她在巴黎市内的一家中学注册,要比她原先要去的波比尼地区的中学好得多。佩兰夫人是想为可怜的路易丝做件好事,路易丝那么勤奋地工作,她值得人们那么对待。

但是斯蒂芬妮似乎配不上这份慷慨。三年级开学才几个星期,麻烦就来了。她干扰课堂。她总是禁不住爆发出大笑,拼命摇晃教室里的东西,粗鲁地回答老师的问题。其他学生觉得她既好笑,又累人。她把家长联系簿藏了起来,连同警告、校长办公室谈话的要求,统统都没有告诉路易丝。接着她开始逃课,中午前就抽大麻,在十五区某个街心花园的长椅上睡觉。

有天晚上,佩兰夫人叫了路易丝来,表达了自己深深的失望。佩兰夫人觉得自己遭到了背叛。因为路易丝,她感到非常羞愧,她在校长面前失了面子。为了让斯蒂芬妮能够注册,她花了不少时间说服校长,学校接受斯蒂芬妮根本就是照顾她的面子。一个星期后,斯蒂芬妮被叫到学校纪律委员会,路易丝也需要出席。"这就像是法庭,"路易丝的雇主干巴巴地对她说,"您可以辩护。"

下午三点,路易丝和她的女儿走进大厅。这是一间圆形的房间,几乎没有暖气,蓝色和绿色的玻璃窗给人一种教堂的感觉。有十来个人——老师、顾问、家长代表——围着一张很大的木桌子坐在一起。大家轮流发言。"斯蒂芬妮很不适应这里的学习,她不守纪律,蛮横无理。""她不是个坏姑娘,"另一个补充说,"可是她一旦开始,就无法让她安静下来。"大家感到很奇怪,面对这样糟糕的形势,路易丝竟然没有任何反应。她从来没有答复老师的约见。学校打过她的手机,甚至还给她发了短信,可统统都没有得到回复。

路易丝请求大家再给女儿一次机会。她哭着解释说她是多么在乎她的孩子们。孩子们不听话的时候她惩罚他们。她禁止他们一边看电视一边写作业。她说自己是有原则的,在儿童教育方面很有经验。佩兰夫人打断了她。这可是个法庭,审判的是她。她,一个糟糕的母亲。

围坐在那张巨大的木桌旁,在这间冰凉的房子里,大家都没有脱掉大衣,此时他们的头偏向一边。他们重复说:"我们并没有质疑您的努力,夫人。我们可以肯定,您已经尽力了。"一位法语教师,一个纤细、温柔的女性开口问她:

"斯蒂芬妮有几个兄弟姐妹?"

"她没有。"路易丝回答道。

"可是刚才您谈到您的孩子们,不是吗?"

"是的,我照顾的孩子,我每天都看护的孩子。您相信我,对于我给孩子的教育,我的雇主非常满意。"

他们请母女俩暂时出去一会儿,以便他们决议。路易丝站起身来,冲他们笑了一下,她自认为这是一个上流社会的微笑。在中学的走廊上,前面就是篮球场,斯蒂芬妮继续着她那愚蠢的笑。她长得很圆润,身材高大,梳着一个高高在上的马尾,看上去颇为可笑。她穿着一条印花短裤,让她的屁股显得很大。尽管会议如此庄严,但似乎也没有吓到她,她只是有些不耐烦。她并不害怕,相反,她的笑容很是放松,就好像这些穿着品位极差的羊毛衫、披着老祖母披肩的老师只不过是些蹩脚的演员一般。

出了委员会的大厅,她又恢复了她的好心情,她那种烂学生无忧无虑的神情。在走廊上,她拦住从教室里出来的学生,她跳跃着,在一个羞涩的女孩子耳边低声咕哝了点什么,那个女孩子强忍住,到底没有笑出来。路易丝真想抽她,用尽所有的气力拼命摇晃她。路易丝多想让她明白,要把她这样一个孩子养大,得付出怎样的代价,还有努力。她真想让她看看自己的汗水、自己的恐慌,想要从她的身体里彻底拔除她那愚蠢的无忧无虑,把她的幼稚彻底粉碎。

在这闹哄哄的走廊上,路易丝拼命控制住自己才没有颤抖。她只是将斯蒂芬妮肉乎乎的胳膊抓得很紧,让她安静下来。

"请你们进来。"

班主任老师从门口探出头,让母女俩回到原先的位置上。他们用来商量决议的时间只有十分钟不到,但是路易丝没有明白,这可不是一个好的征兆。

等母女俩回到自己的座位上,班主任老师开始说话。斯蒂芬妮,他解释说,是一个捣乱分子,没有老师能够找到解决的办法。他们试过了,用尽一切教育的方法,但是没有奏效。他们的能力有限。他们负有责任,不能让她就这么绑架整个班级。"也许,"老师补充道,"在离家近的一所学校里,斯蒂芬妮能够得到更好的发展。在一个与她相适应的环境里,这样她或许就能够找到参照。您明白吗?"

这是三月,冬天还在徘徊,似乎寒冷永远也不会离去了一般。"如果您需要行政方面的帮助,会有专门的人员负责。"负责指导的顾问让她放心。路易丝没有弄明白。斯蒂芬妮被开除了。

在回家的公共汽车上,路易丝一直没有说话。斯蒂芬妮还在咯咯地笑,她望着窗外,耳朵里插着耳机。她们走上了通向雅克家的灰色的街道。她们走过市场,斯蒂芬妮放慢了脚步,在看货摊。她的漫不经心,她那种青少年的自私让路易丝陷入了仇恨。路易丝抓住她的袖子,用了很大的力气,也很粗暴,让人难以置信。一种越来越阴郁,越来越炽热的愤怒在路易丝内心蔓延开来。她想将自己的指甲深深插入女儿柔软的肌肉。

才关上入户的小门,她便开始揍斯蒂芬妮。开始是她的背,拳头上去,女儿被掀到了地上。女儿蜷缩起来,大声叫喊。路易丝继续揍她。体内爆发出巨大的力量,手虽小,抽在斯蒂芬妮脸上的耳光却毫不含糊。她拉扯着女儿的头发,拉开女儿用来护住脑袋自卫的胳膊。她的拳头落在女儿的眼睛上。她骂她,抓扯她,直到她流血。等到斯蒂芬妮不再动的时候,她就冲她吐唾沫。

雅克听到了响动,他走近窗子。眼看着路易丝教训女儿,他并没有想过要上前阻止。

沉默与误会在不断发酵。公寓里，气氛变得十分沉重。米莉亚姆不想在孩子们面前有所表现，但是她和路易丝开始保持距离。和路易丝说话的时候，她上下嘴唇碰碰了事，只给她最为明确的指令。她听从保罗的建议，保罗对她说："她是我们的雇员，不是我们的朋友。"

她们不再在厨房里一起喝茶，像以前那样：米莉亚姆坐在桌前，路易丝倚着工作台。米莉亚姆也不再会说这些温柔的话，"路易丝，您真是一个天使"，或者"像您这样的再找不到第二个了"。星期五晚上，她也不再提议把冰箱里剩下的半干红葡萄酒喝完。"孩子们在看电影，我们也可以给自己找点小乐趣吧。"米莉亚姆那时总是这么说。现在，如果一个人开了门，另一个就会关上门出去。她们很少待在同一个房间里，非常智慧地回避彼此。

接着春天突然到来,炽热,出乎意料。日子变得很长,树木爆出了第一批新芽。好天气将以往的习惯一扫而光,给了路易丝到外面去,到公园里去的动力,和孩子们一起。有天晚上,她问米莉亚姆是否能早点走:"我有个约会。"她略带激动地解释说。

她和埃尔韦约在他工作的街区见,他们一起去看了电影。埃尔韦开始更想在露天喝上一杯,但是路易丝坚持去看电影。再说她很喜欢那部电影,于是他们第二个星期就又看了一遍。在放映厅里,埃尔韦在路易丝身边悄悄地睡着了。

最后路易丝还是接受了在露天,在大林荫道的酒吧喝上一杯。埃尔韦是一个幸福的人,她想。谈起未来的计划,他总是笑嘻嘻的。他说他们可以一起去孚日山度假,租个山间小屋,他认识房主。他们可以从早到晚听音乐;他可以让她见识一下他的收藏,他可以肯定的是,不出多少时间,她也会离不开的。埃尔韦想要早点退休,他无法想象在休息的日子里,自己竟然要一个人度过。他离婚已经有十五个年头了。他没有孩子,感觉非常孤独。

埃尔韦穷尽了自己所有的伎俩,直到有一天晚上,路易丝终于接受随他回家。他在马塞家对面的天堂咖啡厅等她。然后他们一起坐地铁,埃尔韦将自己红兮兮的手放在路易丝的膝头。路易丝一边听他说,一边望着这只男人的手,这只放在她身上的手，开始的手，想要更多的手，这只小心翼翼地藏起游戏的手。

他们笨拙地做爱，他趴在她的身上，有时他们的下巴会磕在一起。他在她身上喘着气，她也不知道这是因为快感，还是她的关节弄痛了他，她没有帮他。埃尔韦个子那么小，路易丝感觉到他的踝骨和她的碰到了一起。他宽大的踝骨，他那双长满了毛的脚。正因为男人的性器还在她的体内，踝骨的接触就更加让她感到突兀，有一种侵略感。雅克很高，他做起爱来就像是在惩罚她，狂风暴雨般。结束了之后，埃尔韦松了口气，像是摆脱了一份重量，他看起来更加容易亲近了。

就是那次，在埃尔韦的床上，在圣旺附近的廉租房公寓里，她想到了这个关于婴儿的念头。一个小小的婴儿，才出生，带着热腾腾的、生命才开始的味道。一个投身于爱的生命，她为他穿上彩色的短袖连裤衫，然后递给米莉亚姆，再传递到保罗的怀抱中。一个让他们彼此紧密相连的吃奶的婴儿，让他们置身于同一种温情之中的婴儿。他会抹去他们之间所有的误会、冲突，会再次赋予日常生活以意义。这个婴儿，她会放在膝头，一哄就是好几个小时，在一个小房间里，一只小台灯散发出来的幽暗的灯光下，那种上面有小船和岛屿慢慢转着圈的小台灯。她会轻抚婴儿光秃秃的小脑袋,会把小手指轻轻插入小孩的嘴巴。他于是停止了哭叫,用他肿胀的牙床吮吸她涂了指甲油的指甲。

第二天,她在替保罗和米莉亚姆铺床的时候用了十二分的心。她的手拂过床单。她想寻找他们拥抱的痕迹,一个现在她肯定会到来的孩子的痕迹。她问米拉,她是不是愿意再要一个弟弟或者妹妹。"我们俩一起来照顾的一个婴儿,你觉得怎么样?"路易丝希望米拉会和她妈妈讲,把这个念头传递给她,然后这个念头就会在轨道上,就会成为米莉亚姆的念头。有一天,让路易丝喜出望外的是,小姑娘真的问了米莉亚姆,问她肚子里是不是有个小孩。"哦,没有,我希望不要。"米莉亚姆笑着说。

路易丝觉得这真糟糕透了。她不明白这有什么好笑的,米莉亚姆对待这件事情竟然那么不严肃。米莉亚姆这样说肯定只是怕有什么不测。她装出一副漠不关心的样子,但是她肯定想过。九月份亚当也要去学校了,屋子就空了,路易丝没什么可做的事情。必须要借助另一个孩子的到来才能打发冬天的漫长日子。

路易丝能听到这家里的对话。房子很小,她不是故意的,但是她最终还是什么都知道。这段时间以来,米莉亚姆讲话的声音比较低。每次她讲电话的时候都会关上门。她还把头伸到保罗的肩头低语。他们看上去有秘密。

路易丝和瓦法说起过即将到来的这个孩子,谈起了这份即将多出来的工作给她带来的喜悦:"有了三个孩子,他们就再也离不开我了。"路易丝也有过感到快乐的时刻。她对此有一种转瞬即逝的、无法言喻的直觉,生活即将变得更加广阔,空间更大,爱情更纯粹,欲望更炽热。她想到了夏天,夏天已经如此临近,她想到了举家度假的情景。她想象着才翻过的土地散发出来的味道,还有公路边腐烂的橄榄核的味道。明亮的月光下果树的树冠。一切都一览无余,无法遮盖什么,无法隐藏什么。

她又开始投入厨房工作。近几个星期以来,她做的饭几乎没法儿吃。她为米莉亚姆准备桂皮牛奶饭、辣味的汤,还有所有据说促孕的菜肴。她虎视眈眈地盯着米莉亚姆的身体,仔细观察她的脸色、乳房的重量、头发的色彩,她相信自己发现了很多怀孕的征兆。

她带着女祭司或巫师一般的专注来处理内衣。和以往一样,她把衣服从洗衣机里拿出来。她展开保罗的短裤,坚持用手洗去底部那些微妙的痕迹。在厨房的水槽边,她用冷水清洗米莉亚姆的短裤、带花边的或真丝的胸罩。做这一切的时候,她都在祈祷。

但是路易丝一次又一次地失望了。她甚至不需要去翻垃圾桶。什么都逃不过她的眼睛。她看到扔在床头的睡裤上的痕迹,就扔在米莉亚姆睡的那一侧。在浴室的地板上,今天早晨,她也注意到有一小滴血迹。那么小的一滴,米莉亚姆没有清洗掉,在绿白相间的方砖上已经干了。

血不断地出现,她能够辨识其中的味道,米莉亚姆藏不住的血的味道,每个月都来,都意味着一个孩子的死亡。

继欢乐之后，是沮丧。世界仿佛变小变窄了，所有的重量加诸路易丝身上，令她窒息。保罗和米莉亚姆总是对她关上门，她真想破门而入。她只有一个愿望，进入他们的世界，找到她的位置，居于其中，在里面筑一个自己的巢，一个领地，一个温暖的角落。她有时觉得已经准备好，要求其中有一部分是属于自己的领地，可是她的激情回落，她被一种悲伤笼罩着，她甚至为自己曾经相信什么而感到羞愧。

星期四晚上，八点钟左右，路易丝回到家里。她的房东在走廊里等她。他站在一盏不亮的灯下。"啊，终于等到您了。"贝尔特朗·阿里扎尔几乎扑向了她。他将手机屏幕对准她，她本能地举起手遮住眼睛。"我一直在等您。我来了好几次，晚上，下午，可您总是不在。"他的声音很是温柔，上半身探向路易丝，让人觉得他好像要碰到她，抓住她的胳膊，在她耳边说点什么。他用那双满是眼屎的眼睛定定地看着她,他几乎没有睫毛,把用一根绳子拴着的眼镜推上去以后他揉着眼睛。

她打开房门,让他进来。贝尔特朗·阿里扎尔穿着一条过于肥大的米色裤子。从背后打量着这个男子,路易丝发现他的腰带上应该是少两个眼,所以他的裤子在腰间没能系紧,落到了屁股下。他看上去已经是个老人,弯着腰,身体虚弱,似乎偷了巨人的衣服穿在身上。他身上的一切看上去与人无害,头发稀少的脑袋,布满皱纹和雀斑的脸颊,颤抖的肩膀。一切,除了干枯、巨大的双手,仿佛化石般厚厚的指甲。这是一双屠夫的手,他一直在搓着手御寒。

他默默地进了房间,稳步向前,就好像他是第一次来到这个地方。他仔细检查墙体,手指一寸寸摸索过未见任何斑点的踢脚线。他那双结满老茧的手打所有地方经过,拂过沙发套,他的手掌掠过密胺树脂的台面。这屋子看上去仿佛是空的,没有住过人似的。他本想对他的住户提出点什么,比如说她使用得不当心,所以需要多付点房租什么的。但是这房子和他租出去的时候一模一样,和第一次他领她来看房子的时候一模一样。

站在那里,撑在椅背上,他望着路易丝,他在等。他定定地瞪着她,用他那双黄兮兮的眼睛。他的眼睛已经看不清什么东西，但是他不打算闭上。他在等她开口，等她打开包，在包里掏出钱付他房租。他等她迈出第一步，等她请求原谅，因为没有答复他的邮件和短信。但是路易丝什么也没有说。她倚门而立，就好像怯生生的小狗，当人们想要安抚它的时候会咬上一口。

"我看到，您已经开始打包行李了，这很好。"阿里扎尔用他粗大的手指点着门口放置的几个箱子说，"新房客一个月以后搬进来。"

他踱了几步，有气无力地推开淋浴房的门。陶瓷的承水盘仿佛已经陷入地里，腐烂的木板坍塌了。

"这里是怎么回事？"

房东蹲下身。他咕哝着，脱掉衣服放在地上，戴上眼镜。路易丝在他身后站着。

阿里扎尔先生转过身，他大声重复道：

"我问您是怎么回事！"

路易丝吓了一跳。

"我不知道。几天前突然这样。设备太陈旧了，我想。"

"根本不是。是我亲手装的浴室。您应该觉得很走运。以前，我们都是在楼梯平台上冲淋的。是我一个人给这间房子安了淋浴。"

"可淋浴房塌了。"

"这是使用不当,毫无疑问。您总不能认为您这么听任浴室腐烂,却该我掏钱维修吧?"

路易丝凝视着他,阿里扎尔先生很难知道这坚定的目光以及这沉默究竟意味着什么。

"您为什么没有打电话给我?这样究竟有多久了?"阿里扎尔先生又一次蹲下身,额头上全是汗。

路易丝没有告诉他,这间小公寓只是一个洞穴,并非主要的居住地,她只是来这里隐藏一下她的疲惫而已。她的生活是在别处。每天,她都在保罗和米莉亚姆的房子里洗澡。她在他们的卧室脱去衣服,小心翼翼地把衣服放在夫妻俩的床上。然后她穿过客厅,来到浴室。亚当坐在地上,她就打他面前过。她看着孩子咿咿呀呀的,她知道他绝对不会出卖她的秘密。他不会谈及路易丝的身体,她那如雕塑一般雪白的身体,她那因为很少见太阳而泛着珍珠色的乳房。

她从来不关浴室门,这样能听到孩子的响动。她打开水,很长时间就这么待在炽热的水柱下,一动不动,能停留多久就停留多久。洗完她也不会立刻穿上衣服。她将手指深入米莉亚姆堆成山的护肤品罐子里,她揉搓着她的小腿肚、臀部、胳膊。她赤着脚在房子里走来走去,身上包着一条白色浴巾,她自己的浴巾。每天,她悄悄地把自己的浴巾藏在壁橱一堆毛巾下面。这是她的浴巾。

"您知道有问题,可是您却不想解决？您情愿像罗姆人一样生活吗？"

这间郊区的小房子,他是出于某种感伤才留了下来。看到淋浴塌了,阿里扎尔表现得很是夸张。他大口喘气,添油加醋,将手覆在额头上。他用指尖摸了摸黑色的泡沫塑料,摇摇头,就好像现在只凭他来判断事情到底有多严重。他高声评估维修需要的费用。"至少要八百欧元。"他充分展示了他装修的知识,使用的都是技术词汇,说要超过十五天才能修复这场灾难。他想要给这个金发的小个子女人留下深刻印象,而路易丝什么也没有说。

"她或许想着她还有押金。"他想。那个时候,是他坚持要她多付了两个月的租金,作为保证金。"这样说不太好,但是我们真不能太相信别人。"在房东的记忆里,他从来没有把押金归还过房客。没有人是那么小心的,总是能知道点什么,能够找出点问题来,哪里的一个污点,或是有什么地方被蹭破了。

阿里扎尔很有生意头脑。三十年里,他一直在法国和波兰间开重型卡车。他就在驾驶舱睡觉,吃得很少,抵御自己的所有欲望。在强制休息的时间问题上,他总是撒谎。想到自己少花的钱,他就得到了安慰,他对自己感到很满意,想着自己的种种牺牲能够换取未来的财富。

年复一年,他在郊区买下一间间小房子,加以翻新。他把房子租出去,价钱高得离谱,可是他的租客往往没的选择。每个月底,他总是会巡视一圈,挨个儿收取房租。他的脑袋出现在门洞里,有时,他还会坚持要进去,说要"看一眼",要"知道一切都好"。他提一些很冒失的问题,租客们往往都不愿回答,心里巴不得他早些离开,早些出了他们的厨房,早些把探在壁橱里的鼻子收回去。但是他总是想办法留下来,最终人们只好客气一下,问他要不要喝点什么,而他也总是接受,总是慢慢地啜饮。他说起自己背疼——"三十年开卡车,这真是折磨人"——他开启了对话模式。

他喜欢把房子租给女人,因为女人更当心,也没有那么多事。他偏向于女大学生、单身母亲或是离婚的女人,但不能上年纪,上了年纪的女人会就此安顿下来,而且不付房租,因为她们有自己的准则。所以就有了路易丝,带着忧郁的微笑,金色的头发,迷茫的神情。她是阿里扎尔一个旧租户推荐的,亨利蒙多尔医院的一个护士,那个护士总是准时支付房租。

该死的感伤主义。这个路易丝是孤身一人,没有孩子,丈夫死了,已经入葬。她就站在那里,站在他的面前,手里拿着一卷钞票,他觉得她很美,穿着娃娃领衬衫,举止优雅。她望着他,非常温顺,充满感激。她嘟哝着说:"我病了一段时间,病得很厉害。"而那会儿,他真想问问她,问她丈夫死后做了些什么,问她从哪儿来,问她生的是什么病。她又说:"我才找到工作,在巴黎市内,那户人家很好。"对话于是到此为止。

现在,贝尔特朗·阿里扎尔很想摆脱这个沉默不语、漫不经心的租客。他绝不再上她的当了。他无法忍受她的借口,她那不可捉摸的行为,还有总是拖延不付的房租。他也不知道为什么,但他就是觉得路易丝的眼神让人战栗。她身上有什么东西让他感到恶心:她谜一般的微笑,夸张的妆容,她看他时那种自上而下的眼神,还有那种双唇紧闭的姿态。她从来不会稍微留心一下,看到他穿了一件新外套,或是他将那可怜的一缕红色头发梳到了一侧。

阿里扎尔走向水槽。他洗洗手,说:"一星期后我带材料和工人来开工。您必须把您的东西装好箱。"

路易丝带孩子们出去散步。他们在街心花园待了很长时间，树修剪得整整齐齐，重新恢复绿色的草坪也向街区的大学生们敞开怀抱。秋千边，孩子们重新聚在一起，都很开心，尽管大多数时候其实他们连对方的名字都叫不上来。对于他们来说，没什么比扮家家、新玩具，或是小姑娘用来放玩具娃娃的迷你手推车更重要的了。

路易丝只在这里交到了一个朋友。除了瓦法，她和任何人都不说话。她只是礼貌地微笑着，或是节制地使用些手势。她到的时候，街心花园里的其他保姆都注意保持一定的距离。路易丝的样子仿佛是王宫的陪侍女官、总管、英国女护士。她的同行们都看不惯她那种高高在上的神情，还有刻意模仿上流社会贵妇人的做派。她总是随时准备给人上课，说她们东张西望是不合乎规矩的，说她们不该在过马路的时候,只顾着听电话,松开了孩子的手。她甚至还声色俱厉地斥责那些没人管的孩子,因为他们滑滑梯的时候摔倒了,或是偷了别的孩子的玩具。

好几个月过去了,在公园的长椅上,大家一待就是好几个小时,保姆们之间渐渐熟悉了,几乎是不由自主地,就像是露天办公室的同事。每天,下午放学后她们都能见面,她们还会在超市、牙医诊所或是小广场的旋转木马边相遇。路易丝记住了她们当中一些人的名字或者国籍。她知道她们是在哪幢楼里工作,她们的老板都是干什么的。路易丝坐在开了一半的蔷薇花下,听着这些女人在没完没了地打电话,嘴里还嚼着巧克力饼干。

在滑滑梯旁边,还有沙池那里,各种各样的语言在回荡:巴乌莱语、迪乌拉语、阿拉伯语、印地语,还有菲律宾语和俄语的情话。正牙牙学语的孩子们也都时不时冒出各种来自世界各地的语言,他们的父母听了之后颇为着迷,总是让他们重复这些语言的碎片。"他会说阿拉伯语,我向你保证,你听听。"而若干年过后,孩子们早就忘记了这一切,等眼下的保姆消失,保姆的面容和声音也就渐渐远去,家里再也没有任何人能回忆起"妈妈"用林加拉语是怎么说的,或者好心的保姆准备的那些充满异国情调的菜肴到底叫什么。"这炖肉,她那时是怎么叫的?"

围绕在孩子们身边的,就是这群女人。孩子们都很相像,他们甚至穿着从同一家品牌店里买来的一模一样的衣服,于是在标签上,母亲们小心翼翼地写上他们的姓氏,免得弄混。这群女人中有戴黑面纱的年轻姑娘,她们往往比其他女人更为守时,更为温柔,更为洁净。有的女人每隔几个星期就换一次假发。有用英语请求孩子们不要跳入水坑的菲律宾人。有已经在这里工作了很长时间的保姆,她们来这个街区很久了,非常了解这里的一切,她们与学校校长之间无须使用尊称;有时在街角会碰到她们带大的孩子,她们觉得孩子们一定能够认出她们来,之所以没有问好,不过是出于羞怯。但也有新来的,在这里工作了几个月,接着连招呼都没有打一声就消失了,只留下了满天飞的谣言和怀疑。

关于路易丝,保姆们知之甚少。即便是似乎认识她的瓦法,在朋友的生活问题上也显得非常谨慎。她们试着想要问问题,这样一个白人保姆激起了她们的好奇心。而且孩子们的父母总是拿她作为榜样,说她菜烧得好,随叫随到,而且米莉亚姆对她能够百分之百地信任。她们在想,这个如此瘦弱但却如此完美的女人究竟是什么人。到这里之前她是在哪里工作?是在巴黎的哪个街区?她结婚了吗?她有孩子没有?晚上,工作之后,是不是还要回去照顾自己的孩子?她的老板对她公平吗？

路易丝几乎不回答任何问题，保姆们也很理解这份沉默。她们都有不愿承认的秘密。她们会藏起那些可怕的记忆，曾经有的卑躬屈膝，曾经有的侮辱，曾经有的谎言。电话那头勉强传来的声音，中断的对话，逝去的、再也见不到的人，因为生病的孩子每天哗哗付出去的钱；而且你在这里奔忙，这个孩子根本不认得你，也分辨不出你的声音。路易丝清楚，她们当中有些人偷过东西，小东西，几乎不值一提的东西，就像是从别人的幸福里划出来的一点点税。她们倒没想过要因为路易丝的谨慎恨她。她们只是怀疑，如此而已。

在街心花园，人们不太会袒露心声，最多也只是暗示而已。大家不希望眼泪从心里漫出来。再说老板们足矣，这已经是很让她们激动的话题了。保姆们嘲笑老板们的种种怪癖、习惯，还有生活方式。瓦法的老板很小气，阿尔巴的老板多疑得可怕，小于勒的母亲酗酒。她们经常抱怨，大多数老板都受到孩子的操控，老板们很少见到孩子，所以孩子有什么要求他们都会让步。罗萨莉娅，一个焦棕色皮肤的菲律宾保姆一根烟接着一根烟地抽："上一次，我在街头突然撞到了我的老板。我知道她在监视我。"

孩子们在小石子路上，在市政府才灭过老鼠的沙池上奔跑时,这些女人将街心花园改造成了招聘办公室和工会,一个听大家抱怨和散布小广告的中心。这里有工作的机会,同时还听得到有关老板和雇员之间的恩恩怨怨。这些女人都纷纷向莉迪亚投诉自己的老板,那个莉迪亚自称是主席,一个五十岁左右高个子的女人,来自科特迪瓦,穿着假皮草,用红色的眉笔画着细细的眉毛。

下午六点,成群结队的年轻人来到街心花园。大家都认识他们。他们从火车北站的敦刻尔克大街来,大家知道他们会在游戏空地上留下砸碎的管子,知道他们会在花园里小便,知道他们随时都可能打群架。一看到他们来,保姆们纷纷以最快的速度拾起丢了一地的大衣、盖满沙子的小铲子,她们将手提袋挂在小推车上,迅速离开。

人群穿过街心花园的栅栏门,然后,女人们分手,有些往上,向蒙马特高地或是洛莱特圣母院的方向;另一些人,例如路易丝和莉迪亚,她们则往下走上林荫大道。她们并排走着。路易丝抓住米拉和亚当。如果街道过于狭窄,她会让莉迪亚走在前面,莉迪亚一直弯着腰,因为小推车里还有个吃奶的孩子。

"昨天有个年轻女人来过,她怀着孕。八月生产,是双胞胎。"莉迪亚说。

没有人不知道,这里经常会有母亲过来找保姆,往往是情况紧急,或是过于认真的母亲,就像以前人们去码头或者小街尽头找保姆或搬运工一样。母亲们在长椅间徘徊,她们在观察保姆,孩子们需要擤鼻涕或是摔倒了,跑回来挤在保姆中间的时候,她们会仔细打量孩子的脸。有时她们也问问题。她们在做调查。

"她住在马蒂尔街,八月分娩。她正在找人,我想到了你。"莉迪亚总结道。

路易丝冲她抬起洋娃娃一般的眼睛。她听见了莉迪亚的声音,那声音似乎很远,在她的脑袋里回响,可这些词语却并没有清晰地凸显出来,她也没有弄懂其中的意义,只有一团混乱。她低下头,将亚当抱在怀里,同时将米拉控制在自己腋下。莉迪亚提高了声音,她重复着,以为路易丝没有听见,因为她的心思完全放在孩子身上。

"你怎么想?我把你的电话给她?"

路易丝没有回答。她向前冲去,突然地,不发一言。她切断了莉迪亚的路,就在她逃离的时候,她一下子掀翻了莉迪亚的小推车,孩子突然被惊醒,开始哭叫。

"这是什么意思?"莉迪亚叫道,所有的东西都翻到了街边的排水沟里。可路易丝已经远去。人们聚集在莉迪亚的周围。人们捡起满街乱滚的橘子,将沾了泥水的长棍面包扔进垃圾桶。人们很为小婴儿担心,幸亏他倒是没事。

莉迪亚和别人多次讲述过这个令人难以置信的故事，她发誓说："不，这绝不是不小心造成的。她掀翻了小推车。她是故意的。"

关于一个孩子的执念一直萦绕在她的脑际。她只想着这件事。这个孩子,她一定会疯狂地爱他,他可以解决她所有的问题。只要这件事进入实施,就可以堵住街头花园那些泼妇的嘴,就会让她那可怕的房东却步。这个孩子可以保住路易丝在自己的王国的位置。她认为保罗和米莉亚姆之所以没考虑,是因为没有足够的时间。米拉和亚当是阻挡这个孩子来到世界上的绊脚石。如果说夫妻俩不考虑再要一个孩子,那都是米拉和亚当的错。是他们的任性让父母精疲力竭,亚当睡眠那么轻,他随时醒来中断父母间的拥抱。如果他们不是总在父母之间插上一脚,老是那么哼哼唧唧地,向父母索要爱,保罗和米莉亚姆就会勇往直前,给路易丝一个孩子。这个小婴儿,她那么狂热地、急风暴雨般地渴求他的到来,一种不顾一切想要占有的欲望。她从来没有这么想要过什么东西,这份欲求如此强烈,简直让她觉得疼,觉得要窒息,要燃烧,要毁灭阻挠她满足欲望的一切。

有天晚上,路易丝焦急地等米莉亚姆回家。听到米莉亚姆打开门,她扑了上去,两眼放光。她牵着米拉,看上去很紧张,很专注。她似乎在努力克制自己,否则她就要跳跃欢呼了。她一整天都在想着这个时刻。她觉得自己的计划非常完美,现在只要米莉亚姆同意,听从她的安排,只要米莉亚姆投入保罗的怀抱。

"我想领孩子们去饭店吃饭。这样您就可以和您的丈夫两个人一起安安静静地吃饭了。"

米莉亚姆把手袋放在扶手椅上。路易丝一直盯着她,她走近米莉亚姆,就站在她身边。米莉亚姆都能够感受到她扑面而来的气息。她不愿去想。路易丝就像个孩子,眼神仿佛在说"好不好嘛",身体里充满了焦急、兴奋。

"哦,我不知道。我们也没准备。也许下次。"米莉亚姆脱掉外套,开始向卧室走去。但是米拉拽住了她。孩子于是也走入这场戏,她可是保姆的完美同谋。她用温柔的声音祈求道:

"妈妈,求你了。我们想和路易丝一起去饭店。"

米莉亚姆最终还是让步了。她坚持说晚饭由她来付钱,她的手已经探入包中想要掏钱,但路易丝制止了她:"求你。

今天晚上,是我请他们俩吃饭。"

在她靠近臀部的口袋里,路易丝攥着一张票子,有时她会用指尖轻轻抚摸。他们径直往饭店走去。她事先已经侦察好这间小饭店,小饭店里主要是大学生,或是爱好花两三欧元喝上一杯啤酒的客人。但是今天晚上,小饭店几乎是空的。饭店老板,一个中国人,坐在柜台后面,沐浴在霓虹灯光下。他穿一件红色衬衫,上面印着刺目的图案,他正和一个女人在说些什么,那个女人面前摆着一杯啤酒,袜子褪到她粗大的脚踝上。在露天平台,两个男人在吸烟。

路易丝将米拉推进饭店。空气中飘浮着冷冷的烟草的味道,还有炖肉味和汗水味。这种味道让小姑娘禁不住想要吐出来。米拉很失望。她坐下来,打量着空旷的大厅,放着番茄酱和黄芥末酱的脏兮兮的陈列架。她想象的可不是这样。她以为会遇见美丽的夫人,她想应该是众声喧哗的,有音乐,有情侣。可竟然不是这样,她只能瘫坐在油乎乎的桌子边,眼睛盯着柜台上的电视屏幕。

路易丝把亚当抱在膝头,她说她不想吃。"我来替你们点单,好吗?"她几乎不让米拉有回应的时间,便要了香肠和薯条。"他们俩一起吃。"她进一步明确道。中国老板没说什么,从她手里拿回了菜单。

路易丝要了一杯白葡萄酒,慢慢啜饮。她和颜悦色地想要和米拉说说话。她还带了纸和笔,拿出来放在桌子上。但是米拉不想画画。她也不是很饿,几乎没碰桌上的那些菜。亚当躺回了他的小推车,用小小的拳头揉着眼睛。

路易丝的目光扫过玻璃窗、她的手表、街道、柜台,还有倚在柜台上面的老板。她咬着指甲,微笑,接着她的眼神变得迷离起来,空空的。她想让她的手忙点什么,专注地想点什么,但是思想就仿佛是玻璃碎片,灵魂装满了碎石子。她的手合拢,数次从桌子上扫过,就好像是想要捡起桌子上看不见的面包碎屑,或是为了打磨冰冷光滑的桌面。她的脑袋里挤满了乱七八糟的画面,彼此之间没什么联系。幻影打她眼前闪过,速度越来越快,闪现的都是悔恨的回忆,还有从来没有成为现实的幻梦中的脸庞:人们带她去散步的医院院子里的塑料袋味儿;斯蒂芬妮的笑,脆生生的,但却令人喘不上气来,就像是鬣狗的笑;已经忘却的孩子的脸;指尖拂过发间的温柔感觉,咬过一口、忘在包里的苹果派干了并散发出的白粉的味道。她听见贝尔特朗·阿里扎尔的声音,他那谎话连篇的声音,还掺杂了别人的声音,所有那些给过她命令、建议的声音,大声给出指令的声音,甚至还有看门女人温柔的声音,她还记得那个女人叫伊莎贝尔。

她冲米拉微笑,想要安慰她。她很清楚小姑娘想哭。她知道这种感觉,胸口像是有什么东西在压着,觉得置身某处十分尴尬的感觉。路易丝知道米拉在尽力克制,知道她具备那种资产阶级女人应有的节制和礼貌,她有她这个年龄不该有的专注。路易丝又要了一杯酒,她一边喝一边打量正聚精会神盯着电视屏幕的小姑娘,从孩子的面容中隐约可以看到她母亲的模样。孩子的举手投足间已经隐约带有她雇主的那份生硬和神经质。

中国老板来收走了空杯子和吃了一半的盘子。他将歪七扭八写在方格纸上的账单放在桌上。路易丝没有动。她在等,等时间流逝,等着入夜,她在想保罗和米莉亚姆,他们会充分享受这份安宁。房子空了,她把他们的晚饭留在桌上。他们也许吃了,然后他们站在厨房里,就像有孩子之前那样。保罗为妻子倒上酒,他喝光了杯中的酒。现在他的手掠过米莉亚姆的肌肤,他们笑着,他们就是这样的,有些人在爱、欲望和害羞的时刻会笑。

路易丝终于站起身。他们走出饭店。米拉松了口气。她的眼皮很沉重,她现在就想倒在自己的床上。亚当已经在小推车上睡着了。路易丝调整了一下孩子身上的被子。当夜幕来临,潜伏着的冬天便又跳了出来,渗入衣服里。

路易丝拉着小姑娘的手,她们走了很长时间,巴黎,在这个时刻,所有的孩子都不见了踪影。她们沿着林荫大道走啊走啊,经过剧院、挤满人的咖啡馆。她们走过大街小巷,街道越来越阴暗，越来越狭窄，小街的尽头是个小广场，年轻人有时聚集在那里抽大麻烟卷，将烟头按灭在垃圾箱上。

米拉不知道自己这是在哪里。昏暗的灯光照在人行道上。这些房子、饭店似乎离家很远，她有些担心地望着路易丝。她在等路易丝说句让她能够放下心来的话。也许是个惊喜？但是路易丝就这么径直往前，往前，偶然打破沉默，就只是小声嘟哝："好啊，你来了吗？"小姑娘在卵石街上扭了脚，肚子因为恐惧而难受极了，可是她说服自己，抱怨只能让事情变得更糟。她感觉到，任性根本于事无补。蒙马特街，米拉在观察那些在酒吧前抽烟的女孩，她们穿着高跟鞋，她们有点吵，于是酒吧老板粗暴地斥责道："这儿还有别人呢，消停点吧！"这里没有小姑娘认识的标志性建筑，她甚至不知道这是不是她居住的城市，在这里能不能看见自己家，她的父母是不是知道她在哪里。

突然，路易丝在一条热闹的街中央停了下来。她不知道看向哪里，将手推车停在墙边，然后她问米拉：

"你想要哪种味道的？"

柜台后的男人带着倦意等小姑娘做出决定。米拉个子太小，看不见冰激凌的托盘，她踮起脚尖，接着，有点紧张地回答道：

"草莓的。"

一只手拉住路易丝，另一只手抓着她的蛋筒，米拉在黑夜里踏上了返程，她舔着冰激凌，可冰激凌刺激着她的脑袋，她的头很疼。她闭上眼睛，等着痛苦的劲过去，试图将精力集中在这被碾碎的草莓的味道上，还有卡在齿间的小小的水果的味道。冰激凌在她空空如也的胃里如大片雪花般落下。

她们是乘坐公共汽车返回的。米拉问她能不能将票塞进机器里，就像每次她们一起坐公共汽车时那样。但是路易丝让她闭嘴："夜里不需要票，别这样做。"

路易丝打开家门的时候，保罗躺在沙发上。他在听唱片，闭着眼睛。米拉冲向他。她跳入他的怀中，将她冰凉的脸蛋贴在爸爸的脖子上。保罗装出吼她的样子，这么晚了她居然还在外面，整个夜晚都在饭店玩，大姑娘才那样呢。他告诉她们，米莉亚姆洗了个澡，很早就睡了。"工作了一天，她累极了。我连她的面都没见着。"

突如其来的忧伤淹没了路易丝，让她喘不过气来。她所做的一切毫无作用。她冷，腿疼，她耗尽了自己的最后一张钞票，可米莉亚姆甚至都没等到丈夫回来就自己睡了。

在孩子们身边会感觉到很孤独。他们根本不在乎这个世界的面貌。他们能够隐约感受到世界的坚硬和黑暗,但是他们不想知道。路易丝和他们说话,但是他们转过头。她拉住他们的手,蹲下,和他们一般高,但是他们看向别处。他们看见了什么东西,他们找到了什么游戏,所以没有听见她说。他们不会假装同情不幸的人。

她坐在米拉身边。小姑娘缩在一张小椅子上画画。只要给她一沓纸、一堆笔,她能聚精会神地待上一小时。她专心致志地上色,对细节十分在意。路易丝很喜欢坐在她身边,看着颜色在纸上铺排开来。她静静地坐在一边,见证巨大的花儿如何在橘色房子的花园里绽放,纸上的人都是长长的胳膊、细细的身体,躺在草坪上。米拉的纸上不留任何空白。云朵,飞翔的汽车,还有气球,填满了闪闪发光的天空。

"这是谁,这个?"路易丝问。

"这个?"米拉用手指点着一个躺着的巨人,几乎占了一半的画面。

"这个是米拉。"

路易丝再也不能够在孩子们身边找到安慰。她讲述的故事陷入了困境,米拉让她注意到了这一点。那些神奇的生灵失去了活力与光彩。现在,人物都忘记了战争的目的和意义,她的故事就只是漫长的、断断续续的、没有章法的流浪,贫穷的公主、生病的龙,还有以自我为中心的自言自语。孩子们什么也听不懂,他们越来越不耐烦。"再讲点别的。"米拉求她说。可路易丝讲不了别的,她就像陷入流沙一般陷入了词语的泥潭。

路易丝笑得少了,在玩十字戏或是靠垫大战的时候也不那么欢快了。不过她还是很喜欢两个孩子的,她喜欢长时间地观察他们。他们有时望向她,征求她同意或是寻求她帮助的眼神令她想哭。她尤其喜欢亚当转过身,拉她见证自己的进步,快乐的样子,仿佛是要告诉她,他所有的手势、姿态都是献给她的。给她,只给她一人。她多么希望能够享有他们的无辜、他们的激情,直至醉于其中。当他们第一次看到什么东西,第一次弄懂某个机械小装置的原理,她多么希望她都能够见证,希望他们就这样永远重复下去,而不会想着往前去,希望他们永远不会厌倦。

每天,路易丝都开着电视。她看种种悲惨事件的报道,各类愚蠢的直播,还有她不能完全看得懂的各类比赛。自从发生恐怖袭击之后,米莉亚姆禁止她让孩子们看电视。但是路易丝才不在乎呢。米拉知道不能把看电视的事情告诉父母,不要说"追捕""恐怖分子""杀死"这些词。孩子贪婪地看着电视上的新闻,一言不发。接着米拉就看不下去了,转向了弟弟。他们在一起玩,争吵。米拉把弟弟推到墙边,亚当大声喊叫,然后扑向她的小脸蛋。

路易丝没有转身。她的目光一直在电视荧屏上流连,一动不动。路易丝拒绝去街心花园。她不想遇见其他保姆,还有同一幢楼里那个上了年纪的老女人。路易丝曾经自荐去她那里做活儿,感觉自己真是受尽侮辱。孩子们变得神经质起来,他们在屋子里转圈,求她,他们想出去呼吸一下新鲜空气,和小伙伴一起玩,到小街上坡那一头买块巧克力味的华夫饼。

小孩子的叫声让她感到愤怒,她也因此而吼叫。孩子叽叽喳喳的叫声让她感到疲惫不已。喋喋不休的声音,还有他们没完没了的"为什么",他们自私的欲望,这一切都让她脑袋发涨。"明天是什么时候?"米拉至少问过上百遍。现在,如果孩子们不求她,她就不会开口唱歌。对于一切,他们都要再来一遍,故事、游戏、鬼脸。可路易丝已经受不了了。她再也忍受不了孩子们的哭叫、任性,以及他们歇斯底里的嬉闹。她有的时候甚至想把手指放在亚当的脖子上,摇晃他,直至他昏过去。每逢这时候,她总是将手大大地划拉一下,驱赶掉这些念头。她不再去想,但是,她的脑袋被阴郁的浪潮淹没了,挥之不去。

"必须要有人死。有人死了,我们才能幸福。"

路易丝一边走,耳边一边回旋着这般恶毒的话语。并非她刻意去想的话语,甚至她也不能确定自己明白其中的意思,但就是整个儿地占据了她的思想。她的心变得越来越坚硬。那么多年过去,她的心上已经覆了一层厚厚的、冰冷的壳,她几乎听不见自己的心跳。什么东西都不能让她感动。她必须接受的事实是她再也不会爱了。她已经耗尽了内心的所有温柔。再也没有地方容她落下手,轻轻抚摸。

"我会因此遭到惩罚,"她听见了自己内心的想法,"因为不会爱,我会遭到惩罚。"

这天下午拍了不少照片。照片没有冲洗，但是照片都在，在某个地方，在机器里面。孩子们尤为显眼。亚当躺在草地上，几乎没穿衣服。他瞪着蓝色的大眼睛，望着旁边，神情迷茫，简直有些忧伤，尽管还是那么小的年纪。有一张照片上，米拉在一条两边种满树的大道中央奔跑。她穿着一件白色的裙子，上面是蝴蝶的图案。她光着脚。另一张照片上，保罗让亚当骑在肩头，把米拉抱在怀里。米莉亚姆在镜头后面，是她抓住了这个瞬间。丈夫的面容有些模糊，他的笑容被小家伙的脚丫给遮住了。米莉亚姆也在笑，她没有让他们不要动，不要手舞足蹈的，没说"我们在照相，注意啦"。

可她很在乎，这些照片，她拍了几百张，在她忧伤的时候她就会看。在地铁里，在两次见客户之间，有时甚至是在晚饭后，她就这么一张张翻看着孩子们的影像。她认为这也是母亲的职责，凝固住这样的时刻，持有曾经的幸福的证据。有一天，她就可以把这些相片给米拉和亚当看。她取出记忆，图像会让过去的感觉统统苏醒过来，细节，气氛。人们总是对她说，孩子就只是短暂的幸福，转瞬即逝的幻象，是焦虑，是永恒的比喻。圆圆的小脸写满了严肃，我们甚至都没有意识到。于是只要有机会，她就会在苹果手机的屏幕后面打量孩子。在她眼里，这是世界上最美的风景。

保罗的朋友托马斯邀请他们全家到自己乡间的房子玩一天。托马斯有时独自一人在那里，为了写歌，或是喝酒喝到醉。托马斯在自家的公园里养了小马。小马漂亮得不像是真的。美国女演员一般的金毛，腿很短。一条小溪打巨大的花园中间穿过，连托马斯都不知道花园究竟有多大。孩子们在草坪上吃了中饭。父母们喝着半干红葡萄酒。最后托马斯终于放下了他一直吮吸的小盒子："我们都是自己人吧，我们尽兴点。"

托马斯没有孩子，所以保罗和米莉亚姆都没有想过要用什么保姆啦，教育啦，举家度假之类的事情惹他心烦。在这五月的美好日子里，他们忘记了自己的恐惧。这些忧虑在他们看来都是正常的：日常生活中的一些小烦恼，几乎可以算得上是他们的小情绪。而他们此时的脑中只有未来、计划、很快就要绽放的幸福。米莉亚姆可以肯定，帕斯卡很快就会让她入股成为合伙人。她可以自己选择案子,把那些吃力不讨好的活儿交给实习生去干。保罗望着妻子和孩子。他对自己说,最艰难的时刻已经过去了,更好的一定在将来。

他们度过了十分美好的一天,跑啊,嬉闹啊。孩子们骑上了小马,还给小马喂苹果和胡萝卜。他们在托马斯称之为菜园的地里拔草。虽然叫作菜园,可是那里没长过一棵蔬菜。保罗抓过一把吉他,令所有在场的人开怀大笑。接着,当托马斯歌唱,米莉亚姆为他和声时,所有人都闭上了嘴。孩子们睁大眼睛,他们第一次看到大人们这么乖,用一种他们不懂的语言歌唱。

回去的时候,小家伙们不情愿地叫闹着。亚当在地上打滚,拒绝离开。米拉玩到精疲力竭了,可她在托马斯的怀里也是满眼的泪水。才坐进汽车里,孩子们就睡着了。米莉亚姆和保罗没有说话。他们欣赏着油菜花地,夕阳西下,浅褐色的光线为休闲区域、工业区域和灰色的风车染上了些许诗意。

一起事故切断了公路,堵车让保罗急得发疯,他决定从高速的出口出去,走国道回巴黎。"我只要听导航的就可以了。"他们冲入黑暗的街道,两边都是式样丑陋的资产阶级小别墅,百叶窗紧闭。米莉亚姆蜷作一团。树叶仿若成千上万的黑色钻石,在路灯下闪闪发光。有时她会睁开眼睛,担心保罗也打起瞌睡来。保罗让她放心,于是她又沉沉睡去。

她是被喇叭声惊醒的,米莉亚姆半闭着眼睛,没有完全醒来,再加上喝了太多的半干红葡萄酒,她没有认出眼前的这条大道,反正他们又一次堵在路上了。"这是哪里?"她问保罗。保罗没有回答她,他也不知道,他全部精力都用在搞懂究竟发生了什么,又把他们给堵住了,前进不了。米莉亚姆转过头,她差一点又睡着,如果不是她看见在对面的人行道上,熟悉的路易丝的身影。

"瞧。"她伸出胳膊,对保罗说。但是保罗还是专注于交通拥堵。他在研究走出困境的可能性,看看能不能掉个头。他陷入的是一个十字路口,车子从四面八方过来,堵得一动不动。摩托车兀自开辟出一条道路,行人就擦着车头过去。几秒钟之内红灯就变成了绿灯。谁也动不了。

"瞧,那里。我想应该是路易丝。"

米莉亚姆从座位上微微直起身,想看清楚走在十字路口另一边的那个女人的脸。她能够降下车窗,喊她,但这样她可能会显得很可笑,而且路易丝也许听不见。米莉亚姆看见金色的头发,颈间的发髻,路易丝那不可模仿的步态,敏捷的,颤动的。路易丝似乎走得很慢,在浏览这条商业街两边的橱窗。接着米莉亚姆就看不到她了,她瘦削的身体被行人挡住了，被一群笑着、晃动着胳膊的人卷走了。接着她从人行通道的另一头冒了出来，就像一部颜色都已经有些泛黄的老电影里的画面，而夜色笼罩下的巴黎是那么不真实。路易丝一副不合时宜的样子，娃娃领，裙子很长，就像是走错了故事的人物，身处一个陌生的世界，注定要永远流浪。

保罗疯狂地按着喇叭，孩子们惊跳着醒了过来。保罗的胳膊扒住车窗，往后看去，一边全速取道垂直的一条路，一边大声斥骂。米莉亚姆想要制止他，告诉他，他们有时间，发怒无济于事。她略带忧伤地望着路灯下那个一动不动的身影，直至她能看见的最后一刻。月光下的路易丝轮廓模糊，她在等什么，就好像是站在她准备好要跨越的边界旁，她即将消失在边界的那一边。

米莉亚姆重新陷入座位里。她又一次往前看去，有些混乱，就好像遇到了记忆中的一个什么人，一个老朋友，年轻时代的恋人。她在想，路易丝这是要去哪里，刚才那人是不是她，她在干什么。她很想再透过玻璃窗好好看看她，看看活生生的她。在这条街道上偶遇她，远离他们习惯的地方，激起了她强烈的好奇心。第一次，她试图去想象，非常具体地去想象：当路易丝不和他们在一起的时候，她是什么样的。

听到母亲喊出保姆的名字，亚当也向窗户外望去。

"是我的保姆。"他叫道,手指着那个身影,就好像他无法理解,她竟然也在别处生活,独自一人,走路的时候竟然不用推手推车,竟然没有握着一个孩子的手。

他问:

"她去哪里?路易丝。"

"她回家,"米莉亚姆回答道,"回她自己的家。"

队长妮娜·多瓦尔躺在床上，无法入睡，她家在斯特拉斯堡大街。在这多雨的八月，巴黎城整个儿空了。夜晚寂寂无声。明天早晨七点半，路易丝每天早晨重新见到孩子们的时刻，高街那房子上的封条就会被揭掉，房子要开始重新整修。妮娜通知了预审法官、检察官、律师。"是我，"她说，"负责保姆案子的。"没有人敢反驳她。队长比任何人都清楚这桩案件。她第一个到达犯罪现场，就在接到露丝·格林伯格的电话之后。那个音乐教师在电话里叫："是保姆，她杀了孩子们。"

那天，妮娜把车停在大楼前面。救护车刚离开。人们把小姑娘送往最近的医院。爱看热闹的人已经挤满了街道，他们都热衷于看到警笛啸叫、救援队队员匆忙来去、警员脸色苍白的场景。行人们装出在等些什么的样子，一动不动地站在面包店门口或是某幢大楼的门廊下打听消息。有个男人伸长了胳膊,在拍大楼入口处。妮娜·多瓦尔让他离开。

在楼梯上,队长与带着母亲离开的救援队队员擦身而过。嫌疑人还在楼上,还在昏迷之中。她的手上握着一把白色的陶瓷小刀。"把她从后门弄出去。"妮娜命令道。

她走进房子,给每个人分配了任务。她看着技术部门的警员穿着他们宽大的白色连体服忙来忙去。在浴室,她摘掉了手套,冲浴缸弯下腰。她将手指放入浑浊而冰凉的水中,手指在水中划出一道道纹路,水流动了起来。她无法将自己的手指拿出来,水里似乎有什么东西吸引着她,一直到最深处。她的胳膊一直往下,先是淹没了手肘,接着一直到肩。这时一个调查员进来了,看见她蹲着,袖子全湿了。调查员请她出去,他要做记录。

妮娜·多瓦尔在房子里踱了一会儿,将口述录音机贴在唇边。她描述了这个地方:香皂的味道,血的味道,打开的电视的声音,以及正在播放的节目的名称。没有一个细节被遗漏:开着的洗衣机门,里面露出一件皱巴巴的衬衫;放满水的厨房水槽;扔了一地的孩子的衣服;桌上放着两个粉红色的塑料盘,剩着的中饭已经干了。小贝壳面和火腿都拍了照。后来,当她进一步了解了路易丝的故事,当人们向她讲述了这位怪僻的保姆的传奇故事后,她对于当时在房子里看到的这份混乱感到很是不解。

她派维尔迪艾警官去火车北站接出差才回来的保罗。他知道该怎么做,她想。他是一个很有经验的警官,会找到合适的词语,也能让他尽快安静下来。警官提前了很多到达车站。他坐在穿堂风吹不到的地方,望着陆续到达的火车。他想抽烟。他看到有一趟车,乘客们陆续从车厢里下来,他们开始奔跑,成群结队。他们应该是在赶换乘,警官看着这汗津津的人群,穿着高跟鞋、拿着手提包的女人,男人们则在喊:"让让!"接着伦敦来的车子到了。维尔迪艾警官本可在保罗所在的车厢下面候他,可是他情愿在站台尽头等。他看着这位现在已经成了"孤父"的人向他走近,耳朵上戴着耳机,手里提着一个小包。他没有迎上去。他想再多给他几分钟的时间。在将他抛入无尽的黑暗之前再多给他几秒钟的时间。

警官向他出示了自己的警官证。他让保罗跟着他,可保罗开始时还以为他们弄错了。

一个又一个星期过去,多瓦尔队长终于搞清楚了事情的来龙去脉。尽管路易丝什么也没说,一直在昏迷之中,尽管所有证据都能表明这是个无可指责的保姆,但她觉得自己一定是能找到漏洞的。她发誓说自己一定要弄懂在那扇门背后，在那个炽热的、秘密的儿童世界里都发生了些什么。她让瓦法来到三十六楼，对她进行了讯问。年轻姑娘一直不停地哭，她一句话也说不出来，多瓦尔警官最终失去了耐心。她对瓦法说，她才不在乎她的境况，她是不是有合法身份，她的工作合同，路易丝的承诺以及她本人的幼稚。她想知道的是瓦法那天有没有见过路易丝。瓦法说那天她去过路易丝的雇主家。她按了门铃，路易丝把门打开一条缝。"好像是想要隐藏什么。"但是阿尔封斯跑了进去，他从路易丝的双腿间钻了过去，找到了他的小伙伴。孩子们还穿着睡衣，坐着看电视。"我试图说服她。我说我们可以出去，一道散散步。天气很好，孩子们这样会很无聊。"但路易丝听不进去。"她没让我进门。我于是叫阿尔封斯出来，他很失望，然后我们就走了。"

但是路易丝没有留在房子里。露丝·格林伯格很肯定，她在大楼的大厅里遇见过路易丝，在她午睡前的一个小时。她去了哪里？她在外面停留了多久？警察们在街区周围都转过了，手里拿着路易丝的照片。他们询问了所有人。他们肯定也知道哪些人是在撒谎，哪些人因为无聊捏造故事来打发时间。他们去了街心花园，去了天堂咖啡馆，他们在圣德尼小镇的街道上走来走去，询问街道上的商户。接着他们找到了超市的录像。队长将录像反复放了一千遍，看得她一见到路易丝在超市的陈列架间安静的步态就想吐。她观察她的手,小小的手,抓住一箱牛奶、一包饼干和一瓶葡萄酒。在这些画面上,孩子们从一个陈列架跑向另一个陈列架,可是保姆并没有看着他们。亚当把架子上的货物碰翻在地,他还撞上了一个推着小推车的女人的膝盖。米拉想要拿巧克力蛋。路易丝很安静,她没有说话,也没有叫他们。她走向收银台,是两个孩子笑着跑向了她。他们投入她的双腿间,亚当拉住她的裙子,但是路易丝似乎完全无视他们的存在。只能勉强捕捉到些许她恼火的神情举止,而且都是妮娜猜的,例如嘴唇不经意的抽搐,躲闪的、隐蔽的目光。妮娜觉得,路易丝就像故事中结成同盟的母亲们,商量好要将孩子丢弃在黑暗的森林里。

下午四点,露丝·格林伯格关上百叶窗。瓦法一直走到街心花园,在长椅上坐下来。埃尔韦才结束了一天的工作。正是在这个时刻,路易丝走向浴室。明天,妮娜需要重复一遍路易丝的动作:打开水龙头,将手伸在水流下试试温度,就像在孩子小的时候,所有孩子的母亲都会做的那样。然后她会说:"孩子们,来吧。要洗澡啦。"

应该问问保罗,亚当和米拉是不是喜欢水,是不是像大多数孩子那样,在脱掉衣服之前总是有些不情愿,是不是很喜欢在一堆玩具之间扑水嬉戏。"也许有过争吵,"女警官解释说,"您认为,在下午四点钟的时候洗澡,他们会不会怀疑到什么,或是感到很惊讶?"人们将犯罪凶器指给父亲看。这是一把厨房用刀,很平常,可是那么小,也许路易丝能够将刀子藏在掌中。妮娜问孩子父亲见没见过这把刀。这把刀子是不是他们家的,还是路易丝特意买的,为了实施预谋买的。"您想想看。"她说,但是保罗不需要想想看。这把刀子是托马斯从日本回来时送给他做礼物的。一把陶瓷刀,非常锋利,稍稍接触就可以划伤手指。一把寿司刀。米莉亚姆还给了托马斯一欧元硬币,因为传说这样可以避免厄运。"但是我们做饭的时候从来不用这把刀。米莉亚姆把刀收在上面的一个橱柜里。她想放在孩子够不到的地方。"

两个月的调查,夜以继日,两个月的时间都用来讯问关于这个女人的过去,所以妮娜觉得她比任何人都了解路易丝。她叫来了贝尔特朗·阿里扎尔。男人在她三十六楼的办公室里抖个不停。大滴的汗水落在他的雀斑上。他害怕血,害怕突如其来的坏消息,警察入门搜查路易丝租住的小公寓时,他一直待在走廊上。抽屉都是空的,窗明几净。他们什么也没有找到,除了斯蒂芬妮的一张老照片,还有几封没拆的信。

妮娜·多瓦尔将手伸进了路易丝腐烂的灵魂里。她想知道关于她的一切。她想,她能够一拳拳地砸开那堵一直将路易丝困于其中的缄默之墙。她询问了卢维埃一家、弗兰克先生、佩兰夫人、亨利蒙多尔医院的医生,路易丝曾经因为情绪紊乱在那里接受过治疗。她花了很多时间翻阅那本花皮封面的小本子,夜里,她梦见过那些扭曲的字母,那些路易丝带着一个孤儿般的专注记下的陌生人的名字。队长还找到了路易丝住在波比尼时的邻居。她问了街心公园的保姆很多问题。没有一个人能够为她剥开这层壳。"就是早安、晚安之类的交道,没别的。"没有任何引起注意的东西。

接着,她去看了在白色的小床上昏睡的嫌疑人。她请护士出去。她想独自和这个老去的布娃娃待一会儿。沉睡的布娃娃,颈间和腕间不是戴着首饰,而是厚厚的纱布。在白炽灯管下,队长定定地望着路易丝苍白的眼皮,太阳穴周围灰色的发根,耳垂下静脉微弱的跳动。她想要从这张崩溃的脸上读出些什么,从这已经沟壑纵横的干枯的皮肤上读出些什么。队长没有碰触这具一动不动的身体,但是她坐了下来,和路易丝说了会儿话,就像和假装睡着的孩子说话一样。她说:"我知道你听得见我说话。"

妮娜·多瓦尔很有经验:事实的重建有时就像是显影剂,就像在那类巫术的仪式上一样,恐惧会让真相一下子从痛苦中绽放出来,于是过去呈现在新的光线之下。只要上了舞台,只需听凭魔力的作用,细节就会显现,矛盾也终会有了意义。明天，她会再次进入高街的那幢大楼，楼前，还有几束自发献来的、已经干枯的花，还有孩子们的画儿。她会绕过蜡烛，乘坐电梯。房子自五月的那天起就没有过任何改变，没有人到这里来拿东西，哪怕是拿证件都没有，房子就是这一出肮脏的剧目的舞台。妮娜·多瓦尔会敲响戏剧开幕的三声铃。

在那里，她会听凭自己停留在模模糊糊的恶心的感觉中，她厌恶一切：这房子，洗衣机，一直脏兮兮的水槽，没有待在箱子里、才在桌子上死去的玩具，剑尖冲天，竖着耳朵。她就是路易丝，她将手指塞进耳朵，想要终止叫喊声和啼哭声。在卧室和厨房之间，浴室和厨房之间，垃圾篓和干衣机之间，床与进口的橱柜之间，阳台与浴室之间来来去去的路易丝。回来的路易丝，重新开始一切的路易丝。弯下腰、踮起脚尖的路易丝。抓住了橱柜中的小刀的路易丝。喝了一杯葡萄酒，打开窗户，一只脚站在小阳台上的路易丝。

"孩子们，来吧。要洗澡啦。"

路易丝为什么要杀人
——译后记

这是我在读完《温柔之歌》后,第一个跳入脑中的问题。也许是近来中了福楼拜的毒,更确切地说,是中了朗西埃①的毒。在研究《包法利夫人》的过程中,朗西埃认为最关键的问题是:为什么一定要杀死爱玛·包法利?换句话说,爱玛是有选择的,即便遵循同样的故事情节,她完全可以不死。然而福楼拜却执意杀死了她。

从这个意义上来说,《温柔之歌》当然与《包法利夫人》不同。因为开篇已然是结局,作者——只出版过两部小说,却颇受欢迎的"80后"女作家蕾拉·斯利玛尼——甫一提笔,就描述了极为惨烈的一幕:两个孩子被保姆杀死在家中。现场由四个主要人物构成:"已经死了"的婴儿,奄奄一

---

① 雅克·朗西埃,法国哲学家,巴黎第八大学哲学荣誉教授。

息的小姑娘,看到这一切以后,"疯子一般,泣不成声"的母亲,以及"不知道自己怎么去死""只知道怎么送别人去死"的凶手——保姆路易丝。

和蕾拉的第一部小说《食人魔花园》一样,《温柔之歌》也是社会题材。据说《温柔之歌》的灵感来自美国的一个真实事件,只是地点被移置到了作者熟悉的巴黎,人物也相应变成法国人:一对普通的年轻夫妻,丈夫保罗是音乐制作人,妻子米莉亚姆是北非后裔,养育了两个孩子之后决定终止专职主妇的生活,去一家同学开的律师事务所工作。夫妻俩需要给两个孩子找保姆。他们似乎非常幸运,碰巧找了个看上去能够拯救危机的"天使":路易丝把两个孩子照顾得很好,也不计较雇主将本该自己承担的家庭任务慢慢全都转移到她的身上,她擅长清洁、整理、下厨,总之是家政服务的所有方面。然而,正如开篇时的场景所揭示的那样,正是这个在开篇后不久就正式出场的保姆路易丝最后杀害了两个孩子,终结了这曲"温柔之歌"。

这也就意味着追问路易丝的杀人动机和朗西埃追问包法利夫人被杀死的原因是完全不同的。后者只涉及写作的问题,而前者却是一个能够融真实事件、人物关系、写作安排为一体的问题。在《温柔之歌》里,"杀人"既是一个真实的社会事件,也是一个情节。杀人动机因而也成为这曲"温柔之歌"的动机,叙事者围绕这个"动机"叙述,读者围绕这个"动机"坚持到最后,无非都是想揭开这个谜。在这个意义上,叙事者——虽然是全能的、无所不见的叙事者——和读者一样无能,都是在借助探寻一个又一个人物的内心世界,想要弄清楚:一个看上去平常、柔弱——作者不止一次地描写过路易丝纤细的胳膊、瘦弱的腰肢——面庞如同海水般平静的女人何以干出这样惊天动地的恶行?我们甚至可以设想,在小说连接起来的另外两个层面上,作者想知道,小说里的人物,米莉亚姆,保罗,甚至是已经有了思想的米拉,还有出事的当天,大楼下聚集的人群也想知道。

对于这个问题,在阅读小说之前,我们当然可以想象一些答案,通过我们的经验。既然是社会题材,它的答案应该是社会的。就好像杜拉斯在做记者的时候,对社会边缘人物的描写与同情:他们因为边缘杀人,因为被弃,因为受到侮辱,因为种族冲突,因为性别歧视,甚或因为阶级冲突。总之,因为各种各样的绝望。再不,就像在作者第一部小说《食人魔花园》中的主人公那样,因为某种隐秘的、无法描述的、没有合理出口的欲望——尤其事关女人。只是较之上一部小说,《温柔之歌》显然更加平庸和日常。保罗夫妇固然不是路易丝这样的社会底层,却连中产都算不上,虽然住在还算体面的街区里,其实只是大楼里"最小的户型"。米莉亚姆的工资也和需要付给保姆的工资相差不了多少。而且，和世界每一个进入现代社会的角落里的平常人一样，"如果她（米莉亚姆）重新开始工作，他们的收入将是最为不利的那个层次：在紧急情况下不能求助于政府救济，因为收入超过了规定；而请个保姆又似乎捉襟见肘，这就让她在家庭上做出的牺牲变得不值。"也就是说，雇主和雇工之间没有明显的主流与边缘、第一性与第二性、主观上的侮辱与被侮辱的关系。甚至这里面连个爱情故事都没有，保姆和雇主之间也没有发生任何冲突，或者感情纠纷。

那么路易丝为什么要杀人呢？因为内心的邪恶吗？随着情节的推进，似乎有一些表征。看顾孩子的时候，路易丝喜欢讲的故事很特别，有些残忍，因为在她的故事里，主人公从来都是可怜人，也从来没有获得过我们习惯的童话故事里所期许的幸福结局。作者不知道，叙事者不知道，我们也不知道，这些残忍的故事都从哪里来的，唯一的解释是路易丝的心底有一片"黑暗的湖"抑或一片"茫茫的森林"。

不仅年幼的米拉为这片"黑暗的湖"所吸引，我们又如何能够否认，我们心底里没有这么一片"黑暗的湖"呢？几乎是与生俱来。况且在路易丝的身上，她表现出来的人性黑暗不过是一闪而过。路易丝加入保罗和米莉亚姆夫妻的生活中，至少在开始时，为他们的生活带来了令人欣喜的改变，他们对她也充满感激。他们用自己认为妥当的方式表达对她的感激之情：给她买小东西，设家庭晚宴的时候邀她入座，向朋友们介绍她，就像介绍自己一个熟悉的朋友，他们甚至带她去希腊度假，去看平生从未见过的美景。

事情或许就是从去希腊度假开始变化的？她隐约发现了生活还可能是别的样子，而不是她逆来顺受的唯一道路。一旦坠入兰波所谓的"生活在别处"的陷阱是多么危险啊，必然和包法利夫人一样幻灭，知道自己的生活永远没有转向另一种可能的机会。路易丝之所以能够平安地度过大半生的时间，只是因为她不像爱玛·包法利夫人那样，读过夏多布里昂的《基督教真谛》，或者去过昂代维利埃侯爵的府上——可她如今去过希腊了——培育过不属于自己的欲望。于是，保姆路易丝自己都不知道，从希腊度假回来，回到自己狭窄的单间公寓里，暗暗期待着保罗夫妇求助于她时，她已经将附着于这个家庭当成自己实现价值，改变境遇的救命稻草了。

只是这根救命稻草如此脆弱。在路易丝要抓住这根稻草的时候，阶层的差异便显现了。保罗一家与路易丝的相处看似与不同阶级阶层的矛盾无关，只与得到"公平、合法、合理、自由"等一系列大革命价值观保障的利己主义相关。但路易丝越是深入这个家庭，越是容易引起保罗和米莉亚姆的警觉，他们不再能够单纯地沉醉于路易丝让这个家庭变得井然有序起来的种种魔法，内心里开始暗流涌动，有过几个回合的试探、妥协与斗争。但是，一切都——太迟了。

人与人之间的无法沟通，在《温柔之歌》中始终是一个强劲的不和谐音，同时也是旋律动机中不可或缺的因素。或许，现代社会的一个标志性特征就是，当十九世纪戏剧化呈现的阶级差异被渐渐抹平，社会分裂成规模更小的单位，甚至是干脆分裂成个体之后，人会异常孤独。没有人真正了解路易丝：她的雇主、她看顾过的孩子、她的房东、她的丈夫和女儿。和保罗一家住在同一个公寓里的格林伯格夫人说她在出事前见过路易丝。凭借自己的想象，她并不见得很忠实地回忆说，路易丝向她坦陈自己在经济上遇到了麻烦，债务堆积，无法应对。格林伯格夫人简单地将杀人的原因解释为路易丝将自己的绝望处境转化成对这个社会的仇恨。令所有人都想不到的是，原因可能更简单，"面庞仿若一片宁静的海水"的她的唯一信念是要在保罗一家继续待下去，她害怕两个孩子长大了，她在这个家庭的价值会骤然消失，于是她一厢情愿地希望夫妻俩再生一个孩子，于是她一厢情愿地铲除了前进道路上的障碍：现在的两个孩子。

在《温柔之歌》里，人与人的不可沟通自然不仅仅是通过路易丝来体现的。和路易丝构成两极形象的米莉亚姆也无比孤独。受过教育，改变出身，突破传统，这一现代社会对女性的诱惑和号召并没有能够让她走出孤独的宿命。米莉亚姆是个很丰富的现代女性形象，也承载着种种因为丰富和世界性而带来的内心冲突：种族、性别、公正的价值观与不可抗拒的利己主义。她应该算是《温柔之歌》里的人物高潮，与杀人但因果链单纯得令人觉得荒诞的路易丝彼此映衬，共同将小说——以及事件——推向了杀人这一出口。她一路都在抗争，用教育抗争出身，用职业奋斗抗争性别上的不平等，用公平——她是个律师——的信仰来抗争社会身份的责任带来的不适感。甚至不需要同为女性，我们也能够理解为什么米莉亚姆"有时，在一旁看着路易丝和自己的孩子，会有一个不算残忍，但却令她羞愧的念头在心里一闪而过。她觉得，人们只有在不彼此需要的时候才会是幸福的。只过自己的生活，完全属于自己的，和别人无关的生活，在我们自由的时候"。米莉亚姆需要抗争才能够进入职业生涯。她与丈夫保罗的关系不坏，然而在为自己争取工作的权益时，她在心里对暴露出自私面目的保罗（这种自私她又何尝没有！）说：我恨你！进入职业生涯，她同样需要抗争，才能克服因为不能照顾孩子而带来的罪恶感。

身份同样是米莉亚姆微妙的隔离感所在。米莉亚姆是北非人，但是她不愿意和孩子说阿拉伯语，聘用保姆的时候也暗下决心，不想聘用同一种族的人，原因是"担心自己和保姆之间会有一种不成文的默契和亲密感"。一个表面上已经融为一体的社会所隐藏的更为细小却无处不在的分裂，只通过这么一个念头便轻轻松松地道了出来，这的确是年轻的蕾拉的功力。

于是我们毫不怀疑，杀人必然成为事件解决的唯一出口。就像我们在十九世纪现实主义作品中，必然要通过死亡——杀人或自杀——来达到戏剧的高潮。所以我们接下去的问题是：西方社会从十九世纪不就已经将平等、自由、博爱的价值观深植于每一个受教育者的内心，用以取代忍受、顺从和宽恕的宗教价值了吗？为什么，和十九世纪的所有现实主义小说预言的一样，人与人之间突破某种关系的唯一解决方案还是暴力？看上去，社会竟然与当初法国大革命设立的理想，亦即创造一个能够容纳所有不同存在的社会的理想似乎越来越远？如果我们把路易丝和包法利夫人放在一起，我们会惊讶地发现，过去了一个半世纪的时间，路易丝与爱玛之间的差别只在于，因为没有像爱玛一样，有过无忧无虑在修道院里滋养自己的资产阶级梦想的机会，路易丝从陷入绝境到果断杀人的过程更短。路易丝来到保罗和米莉亚姆的家，她按照根深蒂固的资产阶级家庭的生活方式来改变保罗的家庭。但是她还算清楚,这种生活方式的旁观者与这种生活方式的拥有者之间的界限。界限是通过路易丝出走的女儿斯蒂芬妮的嘴巴道出来的:"漂亮的、看上去很有权势的女人打走廊上过,在孩子们的脸颊上留下口红印。男人们不喜欢在客厅里等得太久……他们愚蠢地微笑着,跺着脚。他们催促妻子,接着帮她们穿上大衣。……有时,斯蒂芬妮非常恨他们(孩子)。她厌恶他们捶打路易丝的方式,还有他们如同小暴君般对路易丝颐指气使的样子。"路易丝本人懵然无知。直到她开始暗暗地尝试跨越自己与雇主家庭之间的界限,悲剧才悄然拉开了帷幕。

《温柔之歌》里的所有场景和人物都是我们身边的人,但小说永远需要小说家的本领才能完成自身生命的蜕变。蕾拉的天赋,似乎就在于将这个社会事件转化为虚构的情节时,能够赋予人物、情节这些十九世纪流行的小说因素以层次,以及借助并不复杂的叙事手段,撑住了一个不小的文学空间。虽然迄今为止只出版过两部小说,蕾拉却很是懂得波德莱尔所谓的不进行"道德指控"——我们不怀疑道德指控是所有社会小说一个很难避开的陷阱——的文学要求。波德莱尔说:"真正的艺术作品无须指控,作品的逻辑只在于伦理的所有假设,应该由读者从结论中得到结论。"

所以，我们所有针对社会的"道德指控"也应该到此为止了吧。说一千道一万，路易丝为什么要杀人，这还是一个应该交给读者的问题。

袁筱一
2017 年 3 月

一本书打开一个世界

欢迎订购、合作
订购电话：0571-85153371
服务热线：0571-85152727

KEY-可以文化　　浙江文艺出版社　　京东自营店

关注 KEY- 可以文化、浙江文艺出版社公众号，及浙江文艺出版社京东自营店，随时获取最新图书资讯，享受最优购书福利以及意想不到的作家惊喜